新潮文庫

ハムレット

シェイクスピア
福田恆存訳

新潮社版

ハムレット

目次

場所　デンマーク

人物

クローディアス　デンマーク王
ハムレット　デンマーク王子、先王の息、現王の甥
ポローニアス　宰相
ホレイショー　ハムレットの友人
レイアーティーズ　ポローニアスの息
ヴォールティマンド
コーニーリアス　ノールウェイへの使節
ローゼンクランツ
ギルデンスターン　ハムレットの嘗ての学友
オズリック　軽薄な伊達男
一従臣
牧師

マーセラス
バーナードー　見張りの従臣
フランシスコー

レナルドー　ポローニアスの従僕

役者数名

墓掘り二人

フォーティンブラス　ノールウェイ王子

ノールウェイ軍隊長

イギリス使節

ガートルード　デンマーク王妃、ハムレットの母

オフィーリア　ポローニアスの娘

他に宮廷の貴族、貴婦人、兵士、船乗り、使者、従者、多数。

ハムレットの父の亡霊

〔第一幕　第一場〕

1

エルシノア城　銃眼胸壁のうえの狭い歩廊。左右は櫓（やぐら）に通じる戸口。星のきらめく寒い夜。

見張りのフランシスコーが矛を手に往（い）ったり来たりしている。鐘が十二時を報じる。間もなく、もう一人の見張りのバーナードーが同様のいでたちで城から出てくる。闇（やみ）のなかにフランシスコーの足音を聞きつけ、急に立ちどまる。

バーナードー　誰（だれ）か？

フランシスコー　なに、きさまこそ。動くな、名まえを言え。

バーナードー　わが君の御長命を！

フランシスコー　バーナードーか？

バーナードー　おお。

フランシスコー　よく来てくれた、時間どおりだ。

〔Ⅰ－1〕1

バーナードー　いましがた十二時が鳴ったところだ。さあ、代ろう。退（さが）って休め。

フランシスコー　ありがたい。なにしろひどい寒さだ。それに、気がめいってしかたがない。

バーナードー　なにも異常はなかったろうな？

フランシスコー　鼠（ねずみ）一匹出なかった。

バーナードー　そうか、さ、休んでくれ。途中でホレイショーとマーセラスに遭うかもしれぬ、今夜の見張りの仲間だ、急いで来るように伝えてくれ。

ホレイショーとマーセラスがやってくる。

フランシスコー　（足音を聞きつけ）あれがそうらしい。止れ、誰だ？

ホレイショー　この国の身方。

マーセラス　デンマーク王の臣下。

フランシスコー　おお、あとを頼む。

マーセラス　引き受けた。お休み。代りは誰だ？

フランシスコー　バーナードーだ。では、頼んだぞ。（退場）

マーセラス　バーナードー！

バーナードー　おお、ホレイショーは？　一緒か？

ホレイショー　（握手して）それ、その手がここに。

バーナードー　よく来てくれた、ホレイショー。マーセラス、待っていたぞ。

ホレイショー　ところで、例の一件だが、今夜も現われたか？

バーナードー　いや、まだだ。

マーセラス　ホレイショーは問題にしておらぬのだ。目の迷いにすぎぬと言う。頭から信じようとしない、二度もわれわれを襲ったあの恐ろしい姿を。だから、今夜こそは、ぜひとも立ち会ってもらおうというわけだ。今夜も出るかもしれない。そうなれば、信じてもくれようし、それに、話しかけてもらえるからな。

ホレイショー　ちょ、ちょ、出るものか。

バーナードー　まあ、坐（すわ）れ。もう一度きいてもらおう。かたくなに閉じているその耳の砦（とりで）を開いてくれ。この怪異、すでに二晩になるのだ。

ホレイショー　では、坐るとするか。さ、バーナードー、話してくれ。

バーナードー　昨夜のことだ。北極星の西にみえる、それ、あの星が、今もいま光っている、ちょうどおなじ場所に来たときだった。そう、こちらはマーセラスと二人きり。すると、鐘が一時を打って——

亡霊が現われる。完全な武装。手に元帥杖(げんすいじょう)を持っている。

マーセラス　しっ、黙って。見ろ、あれを！

バーナードー　亡(な)くなったハムレット王そのままの姿。

マーセラス　そうだ、学者に頼もう、話してみてくれ。

バーナードー　まえのハムレット王にそっくりではないか、ホレイショー。

ホレイショー　生きうつしだ。身の毛もよだつ恐ろしさ、一体このようなことが。

バーナードー　なにか言ってもらいたいらしい。

マーセラス　話してみろ、ホレイショー。

ホレイショー　何者だ、そのいかめしい出立(いでた)ち、亡きデンマーク王の出陣姿そのまま、
無法にも、選(え)りに選ってこの真夜中を？　ええい、答えろ、口をきけ。

マーセラス　怒った。

バーナードー　行ってしまうぞ。

ホレイショー　待て。なにか言え、なにか。答えろ、口をきけ。（亡霊、消えうせる）

マーセラス　行ってしまった。答えたくないらしい。

バーナードー　どうした？　見ろ、ホレイショー、慄えているではないか、顔色もわるいぞ。これをなんと見る？　妄想とは言いきれまい？

ホレイショー　ああ、とうてい信じられぬ。だが、この目でたしかに見とどけた、歴然たる事実、もう疑いの余地はない。

マーセラス　ハムレット王にそっくりではないか？

ホレイショー　そっくりどころか。装いもおなじ、あの思いあがったノールウェイ王と一戦まじえたおりに着けておられた甲冑そのまま。それに、あの眉根をひそめた気むずかしい表情は、氷原の闘いで橇にのったポーランド兵を怒りにまかせて問答無益と一蹴された、当時をさながら眼前に眺めるおもい。不思議なこともあればあるものだ。

マーセラス　こうして、まえ二度とも、まさに時刻もおなじ真夜中、あのいかめしい出立ちで、見張りのそばを通って行ったのだ。

ホレイショー　いま格別おもいあたることもないが、なんとなく不吉な胸騒ぎ、国を乱すただならぬ不祥事の前ぶれかもしれぬ。

マーセラス　まあ、坐れ。そういえば、ききたいことがある。いったい何事だ、この厳重きわまる取締りは？　それも毎夜毎夜、国をあげての大騒ぎ、昼は昼で、大砲づくりに血道をあげ、外国からは武器をつぎつぎ大量にしこむかとおもうと、いっぽう船大工どもを駆り集め、休みもやらずにこき使う。この夜を日についでの汗水仕事、そもそもどこに、どんな差し迫った事態があるというのだ？　知っていたら、教えてくれぬか？

ホレイショー　それなら知らぬでもない。ま、噂はこうだ。ことの起りは亡くなられたハムレット王、それ、いまも目のあたりお姿を拝したが、かつて王にはみずから一騎打ちを挑まれたことがある。知っていよう、相手は野心満々のノールウェイ王フォーティンブラス、意気軒昂たるものがあった。が、こちらも剛勇無双のハムレット王、世界の隅々までその名を轟かせたお方だ。もののみごとにフォーティンブラスを打ち果された。おかげで敵は、命はもとより、おのれの領地までことごとく没収という憂きめにあう始末。騎士道の掟に照らして、そういう取極めがかわされてあったのだ。もちろん、こちら側でもそれ相当のものは覚悟していた。万一、フォーティンブラスが勝てば、それが文句なしに敵方の手に落ちたわけだが、いまも話したように、結果はハムレット王の勝ち。取極めどおり、敵の領地がこちらの有に帰したのだ。ところで、殺されたノールウェイ王には忘れ形見があった。名もおなじフォーティンブラス、血の気の多い世間知らずの若者だが、これが胸に一物あるらしく、最近ノールウェイの辺境に出没し、ただ食いものにありつけさえすればなんでもやろうという無鉄砲なあぶれものどもを掻(か)きあつめ、何事か企(たくら)んでいるとのこと。決っている、こちらには見とおしだ。父親が失った領地を、なんとしてでも腕ずくでとりかえそうという魂胆としか思われない。どうやら、それに備えようというのが、おもな理由らしい。この見張りはもちろん、国中、上を下への大騒ぎも、つまりはそれと察せられるのだが。

バーナードー　それしかあるまい、まさにそれだ。見張りのそばを武装して通りすぎた不吉なかげ、なにしろ打ちつづく争いの因(もと)になってきた王のことだ、事なくすめばいいが。

ホレイショー　針のさきほどのごみでも、眼(め)に入れば煩(わずら)わしい。大昔の話だ、シーザー暗殺のまえには、さしも栄華を誇ったローマにも、いろいろな凶兆が現われたらしい。墓はことごとく腭(あぎと)を開き、その亡骸(なきがら)を吐き出(い)だす。経帷子(きょうかたびら)をまとった死人(しびと)の群れが、気味のわるい叫び声をあげ、不可解な言葉を撒(ま)きちらしながら、ローマの辻々(つじつじ)をうろつきまわったという。現に、おなじような異変の前じらせが、このところ次から次へと。そうではないか、星は焔(ほのお)の尾をひき、血の露をふらせ、日の光は力を失い、大海を支配する月もこの世の終りかとばかり病み蝕(むしば)まれる。天地が示し合せて、なにか不祥事の待ち伏せを、この国のひとたちに告げ知らせようとしている。どうしてもそうとしか。（亡霊ふたたび現われる）しっ、見ろ、あそこへまた！　よし、止めてみよう、祟らば祟れだ。（両手を拡げて立ちふさがる）待て！　声があるなら、ものを言え。なにが言いたいのだ？　それを言えば、きさまも浮ばれようし、こちらのためにもなろう。さあ、言ってくれ。わかっていれば避けられるこの国の禍いを、知っているなら、頼む、言ってくれ！　それとも、生前、地中に埋めかくした不浄の財に心が残り、よくある話だ、それでいまだに浮ばれず、（鶏が鳴く）さ、打ち明けてくれ――待て――言ってくれ――止めろ、マーセラス！

マーセラス　打ってみようか？

ホレイショー　おお、やむをえぬ、止らなければ。

バーナードー　こっちだ！

ホレイショー　こっちへ来たぞ！

マーセラス　消えてしまった！　（亡霊、消える）まずいことをしたな。かりにも王者の形をそなえたものだ。手荒なまねは慎むべきだった。まるで空を切るようなもの、相手は不死身、打ってみたところでしようがない、力みかえっても、所詮むだだ。

バーナードー　何か言いそうにしたと思ったら鶏のやつが。

ホレイショー　うむ、はっとしたらしい。恐ろしい呼びだしを受けた罪びとのようだった。鶏は夜明けを告げるめでたい鳥といわれる。のども裂けよとばかり天空にひびかせるあの力強い雄叫びが、日の神を揺り起すとか。その瞬間、処をえずにさまよう天地の精も、あわてふためき、おのれの巣にもどるときいたが、まさにそのとおりだった。

マーセラス　そうだ、あの鶏の声で消えた。なんでもクリストの降誕を祝うころになると、その暁を知らせる歌声が夜どおし聞え、精霊も恐れてさまよい歩かぬという話だ。夜も安全、星の力もとどかず、妖精に憑かれる心配もなし、魔女も通力を失い、浄福の気があたりに満ち溢れるというが。

ホレイショー　聞いたことがある。まんざら、でたらめとも言いきれまい。おお、あの空、朝日が、茜色の被衣をひろげ、露を踏みしめながら、東の尾根を越えてくる。見張りの役も、これで打ち切りとするか。ところで、今夜のことだが、一部始終、王子ハムレットにお伝えしたほうがいいとおもう。亡霊はとうとう口をきかなかったが、ハムレット様になら、きっと何か言うにちがいない。どうしてもお知らせしようではないか。それが友情でもあり、義務でもあるというもの。どう思う？

マーセラス　ぜひ、そうしよう。さいわい、けさお目にかかれる場所を知っている。

（一同退場）

〔第一幕 第二場〕

2

城内、会議の間　トランペットの吹奏。デンマーク王クローディアス、その妃ガートルード、重臣たち、それからポローニアスとその息子レイアーティーズ、つづいてヴォールティマンド、コーニーリアスがはいってくる。いずれも盛装、戴冠式から退いてきた様子。最後に、黒の喪服を着た王子ハムレット、伏目がちに登場。王と妃とは玉座にのぼる。

王　おもえば、兄ハムレット王、死して、いまだその記憶はなまなましい。何人も心を悲しみにゆだね、国中、暗い額に喪を分ちあうのが人情であろう。が、それに負けてはならぬ、そう思うたればこそ、王の死を深く歎きながらも、節度を持して、おのれの本分を忘れまいと努めてきたのだ。したがって、かつての姉、いまは妃、この国の主権をともども担うガートルードだが、それをあえて妻にしたのも、心中、いわば傷ついた喜びを背負うおもいであった。片眼は喜びに輝き、片眼は愁いに沈み、祝福と哀悼とをひとしく秤にかけ、葬儀には歓喜の調べを奏し、結婚の式には挽歌をうたう、そのような気もちであった。もちろん、一同のよき忠言を卻けたおぼえはない。この婚儀に関するかぎり、みな快く同意してくれたはず――礼を言う。つぎに、知っていようが、例の若輩者フォーティンブラスの件だ。こちらの実力を侮ってか、それとも兄の不幸のため国内千々に乱れたりと推し測ってか、分はおのれにありと夢のような空だのみ。ぬかりなく使者をよこし、かつてその父親が約束どおり兄に明け渡した旧領地を、ふたたび還せとうるさくせっついている。それはそれとして、肝腎なのはこちらの出ようだ。きょう集まってもらったのもそのためだが、ここにノールウェイ王あてに認めておいた一書がある。王はフォーティンブラスの叔父にあたるもの、最近、老病でずっと寝たきりとか、したがって、甥のもくろみについてもよく知らぬらしい。しかもフォーティンブラスは王の領民をそそのかし、かれらを掻き集めて大軍を組織しようとしている。王にはそれがおさえられるはず。その依頼の手紙だが、これをノールウェイ王に送る使者として、コーニーリアス、それからヴォールティマンド、おまえたち二人を任命する。先方との折衝すべてこの親書に認めおいた条項のとおり、それ以上の計らいは固く禁じておく。では、すぐにも。

コーニーリアス
ヴォールティマンド　かしこまりました、万事、仰せのとおりに。

王　頼んだぞ。では、気をつけて行くがよい。（コーニーリアスとヴォールティマンド、敬礼して退場）おお、レイアーティーズ、なんであったかな？　なにか願いごとがあると言っていたが？　筋さえとおったことなら、デンマーク王はかならずかなえてやるぞ。レイアーティーズ、なにがほしい？　こちらから頼んでもしてもらいたいことではないのかな？　このデンマーク王室とお前の父親とのあいだには、切っても切れぬ縁があるのだ。頭と心臓との関係よりも、さらに深く、手もこれほど快く口の用をたしはすまい。なにが望みだ、レイアーティーズ？

レイアーティーズ　申しあげます。フランスへもどらせていただきとうございます。もちろん、この戴冠式参列のためにと、喜んで帰国はいたしました。が、いまその務めをはたしおえてみますと、想(おも)いはふたたびフランスへと駆られます。身勝手なお願い、どうぞお許しくださいますよう。

王　父親の許しは得たのか？　どう言っている、ポローニアスは？

ポローニアス　それが、うるそうて、うるそうて、渋る父親の心も察せず、むりやりせがまれまして、その強情にはとうとう折れてしまうたのでござります。このうえは、父親からもお願い申しあげます。なにとぞ、おいとまをおやりくださいますよう。

王　気ままに遊んでこい、レイアーティーズ。来る春はお前のもの、その気性だ、むだにはしまい……ところで、ハムレット、甥でもあるが、いまはわが子。

ハムレット（横を向いて）ただの親戚でもないが、肉親あつかいはまっぴらだ。

王　どうしたというのだ、その額の雲、いつになっても、はれようともせぬが？

ハムレット　そのようなことはございますまい。廂を取られて、恵み深い日光の押売りにいささか辟易しておりますくらい。

妃　ハムレット、その暗い喪服を脱ぎすてて、デンマーク王に親愛の眼なざしを、なぜさしむけてはくれぬ。そうして伏目に、いつまで地下の父上を慕い求めていようというのか。生あるものはかならず死ぬ、そしてあの世で永遠の命を授かる、わかりきったことではないか。

ハムレット　さよう、わかりきったことでもございましょう。

妃　それなら、なぜお前にだけ常ならぬことに見えるのか？

ハムレット　見える！　いや、事実そうなのだ。見えるとか見えぬとか、そのようなことはこちらの知ったことではない。この漆のように黒い上衣、しきたりどおりのもっともらしい喪服、そらぞらしい溜息、溢れほとばしる涙の泉、しめっぽい憂え顔、そのほかありとあらゆる悲しみの型も表情も、母上、この心の底を真実あらわしてはおりませぬ。なるほど、こういうものなら目にも見える。そうしたお祭り騒ぎなら、誰にもやれましょう。この胸のうちにあるものは、そのような、悲哀が着て見せるよそゆきの見てくれとは、ちがいます。

王　そのやさしい心根は、父を失ったものとして、まことに望ましいものにはちがいない。だが、ハムレット、父上もまたその父の死にめにあい、その父も父を失うているのだ。こうして生き残ったものは、順ぐりに、喪に服して、父を愛惜し、子たるものの務めをはたしてきた。しかし、かたくなに悲しみの殻に閉じこもるのも、神を信ぜぬ傲慢なふるまい。また、男らしい態度ともいいかねる。天にたいしては不遜のきわみ、信仰うすき心の持主、わがままだ、わからずやだ、といわれても、しかたはあるまい。そうであろう、これが世の常、避けがたいことと悟りながら、なおもむきになって気むずかしい反抗をつづけることがあろうか？　愚かしいぞ。天に背き、死者に背き、自然に背く。いや、なにより理性そのものに背く罪というもの。そうではないか、理性は、代々の父の死を現世の常法と観じ、人間が最初に死を見たときから今日まで、「これだけはどうにも避けられぬこと」と呟いてきたのだ……頼む、ハムレット、その益なき悲しみを、おもいきって大地に投げ棄て、この王を実の父親とおもうてはくれぬか。そうだ、この機に広く中外に知らしめよう。ハムレットこそは、やがてこのデンマークの王位を継ぐべきもの。実の親に劣らぬこの深い情愛も、なんの不思議もないわけだが、それだけに、例の申出で、それ、どうしてもウィッテンバーグの大学にふたたびもどりたいという、それを言いだされるのが一番つらい。出来れば、ここにとどまり、わが重臣として、身内として、息子として、力にもなり、慰めともなってもらいたいのだが。

妃　母の願いも無にしないでおくれ、ハムレット、ウィッテンバーグへ行くのはやめにして、どうかここに。

ハムレット　できるだけそうしたいものと思っております、母上。

王　おお、そのやさしい返答、うれしいぞ。デンマークにとどまって、わが身同様、気ままにふるまうがよい。さあ、ガートルード。ハムレットのすなおな承諾、いまの一言で心もなごむ思い。心おきなく酒宴に臨むとしよう。いまからデンマーク王が捧げる杯ひとつに祝砲を打ちあげ、雲のうえに喜びを伝えてくれ。天も王の酒宴に和し、地上の歓呼にこたえるであろう。さあ、奥へ。（トランペットの吹奏。ハムレットだけ残り、一同退場）

ハムレット　ああ、この穢らわしい体、どろどろに溶けて露になってしまえばよいのに。せめて、自殺を大罪とする神の掟さえなければ。ああ、どうしたらいいのだ、この世の営みいっさいが、つくづく厭になった。わずらわしい、味気ない、すべてかいなしだ！　ええい、どうともなれ。庭は荒れ放題、はびこる雑草が実を結び、あたり一面、むかつくような悪臭。このようなことになろうとは。たった二月、いや、まだ、二月にもならぬ。立派な国王だった。その父にくらべれば、あいつは雪と墨とのちがい。父はどんなに母上を想うておられたことか。外の風にもあてまいと、それほどまでに母上を――なんということだ、そのようなことまで憶いださねばならぬのか？　そう、そのころは、父上の胸もとから溢れ出る情愛の泉を、一滴あまさず飲みほそうと、その項にすがりついて離れようともしなかった母上。しかも、年とともに深まる想いに身をひたしておられた母上。それが、たった一月。言ってみてもはじまらぬ……たわいのない、それが女というものか！　一月もたたぬうちに。ニオベもかくやと思われるほど、あのように泣きぬれて、柩に寄りそい、墓場までおあとを追うて行った、あのときの靴の踵もまだそのまま、跳ねのあともなまなましいというのに。母上、それを、母上は――ああ、事理をわきまえぬ畜生さえ、主人が死ねば、もすこし歎き悲しむであろうに――あの叔父の胸に身をゆだねるとは。おなじ兄弟とはいうものの、似ても似つかぬあのような男と。それも、たった一月。空涙で泣きはらした赤い目もとも、まだそのまま。おお、なんたる早業、これがどうして許せるものか……いそいそと不義の床に駆けつける、そのあさましさ！　よくないぞ、このままではすむまいぞ、いや、待った、こればかりは口が裂けても、黙っておらねばならぬ。

　　ホレイショー、マーセラス、バーナードーの三人が登場。

ホレイショー　お元気でなによりとぞんじます。

ハムレット　ありがとう。ホレイショーではないか――まさか、ここで！

ホレイショー　まさにそのホレイショー、つねに変らぬ忠僕をお忘れなきよう。

ハムレット　なにを言う、こちらでそう言いたいくらいだ。（手を握りあう）ところで、ウィッテンバーグからどうしてここへ、何か？　あ、マーセラスだったのか。（手をさしのべる）

マーセラス　は！

ハムレット　よく来てくれた――おお、御苦労。（バーナードーに会釈）だが、本当にどうしてウィッテンバーグからここへ？（ホレイショーを引き離す）

ホレイショー　怠けぐせというやつです。

ハムレット　そんな悪口は、ひとづてに聞いても信じはしない。まして当の御本人がせいぜい悪党ぶって見せたところで、どうにもなりはしない。怠けぐせなどという柄ではあるまい。一体なんの用があるのだ、このエルシノアに？　こんなところにぐずぐずしていると、大酒あおることを教えられるのが落ちだぞ。

ホレイショー　じつは御大葬を拝観に。

ハムレット　友だちをからかってはいけない。御大典を拝観のまちがいだろう。

ホレイショー　そういえば、急に引きつづいて。

ハムレット　倹約だ、ホレイショー。諸事御倹約、葬式の温かい焼肉が、冷（さ）めればすぐそのまま婚礼の冷肉に役だつというわけさ。あんな不愉快な思いをするくらいなら、天国で敵（かたき）にめぐりあったほうが、まだしもだ。そうではないか、ホレイショー――父がそれを知ったら、ああ、お顔が目に見えるようだ。

ホレイショー　え、どこに？

ハムレット　目（ま）ぶたに浮んでくるのだ。

ホレイショー　一度お目にかかったことがございます。御立派な国王だった――

ハムレット　立派な人間だった、非の打ちどころのない。ああいう人間には、二度とは遭えまい。

ホレイショー　それが、ゆうべ、お目にかかったように。

ハムレット　え、誰に？

〔I－2〕2

ホレイショー　国王のお父上に。

ハムレット　国王の父に！

ホレイショー　お驚きになるのもごもっとも。まったく、ありうべからざる怪異。逐一お耳に入れましょう。この二人が証人。（マーセラスとバーナードーを見る）

ハムレット　聞こう！

ホレイショー　ここにいるマーセラスとバーナードーが見張りの最中、それも真夜中、二晩つづけて。お父上の姿をした異形（いぎょう）のものが、一分の隙（すき）なく、甲冑（かっちゅう）に身を固め、二人の眼前を、恐れげもなくゆっくりと威厳のある足どりで通りすぎたと申します。手にした元帥杖（げんすいじょう）を一振りすれば、こちらの肩さきに触れるかと思うほどの間近を、それも三たび往（ゆ）きつ戻（もど）りつ、二人はもう身うごきもできずに震えおののくばかり、恐ろしさに全身の力はぬけはて、唖のように口もきけず、凝然と立ちすくんでおりましたとか。そのあとで、一切この私にだけ、ひそかに打ち明けてくれましたが、聞いてみれば、自分としても放（ほう）ってはおけず、三日目の夜、ともども見張りに立ったのでございます。それが、まさに話のとおり、時刻といい形といい、寸分の相違もございません。たしかにお父上様、この両の手も、ああは似ることはできますまい。

ハムレット　場所は、どこだ？

マーセラス　物見の要所、胸壁のうえでございます。

ハムレット　で、話しかけてはみなかったのだな？

ホレイショー　いえ、昨夜は話しかけてみました。が、応じませぬ。ただ一度、顔をあげ、なにかものいいたげな様子に見えましたが、あいにくそのとき、一番鶏（どり）が時をつくり、そのけたたましい声にひるんでか、倉皇（そうこう）として姿を消してしまいました。

ハムレット　不思議な話があればあるものだ。

ホレイショー　たんなる幻覚ではございませぬ、命にかけて申しあげます。三人で話しあったうえ、ともあれ、お知らせするのが義務とこころえましたので。

ハムレット　もちろんだ、よく知らせてくれた。それにしても、気がかりな話だ。見張りは、今夜も？

一同　は、おこないます。

ハムレット　甲冑姿、と言ったな？

一同　は。

ハムレット　頭の天辺（てっぺん）から爪（つま）さきまで？

一同　は、一分の隙もなく。

ハムレット　それなら、顔は見えなかったわけだな。

ホレイショー　いえ、見えました。顔当（かおあて）をあげておりましたので。
ハムレット　で、その顔つきは、さぞ不快な？
ホレイショー　怒りよりは、むしろ悲しみに沈んだ表情とでも。
ハムレット　青ざめてか、それとも燃えるような？
ホレイショー　いえ、ひどく青ざめて。
ハムレット　それで、目は、じっと？
ホレイショー　たえず、こちらを。
ハムレット　その場に居あわせたかった。
ホレイショー　さだめし、お驚きになったこととぞんじます。
ハムレット　う、それはそうだろう。よほど長いあいだだったか？
ホレイショー　百を数えるほどでしたろうか。
マーセラス／バーナードー　いや、いや、もっと長かった。
ホレイショー　ゆうべは、せいぜいその程度だった。
ハムレット　ひげは？　灰色ではなかったか？
ホレイショー　御生前、お目にかかったときとおなじ、かなり銀色まじりに光って見えました。

ハムレット　よし、今夜の見張りは、つきあわせてもらおう。また出ぬともかぎらぬ。

ホレイショー　たしかに。

ハムレット　父上のお姿そのままとなれば、黙ってはいぬぞ。たとえ大地が裂け、この身を呑みこもうとも、きっと話しかけてみせる。そうだ、みんな、今まで黙っていてくれた以上、たとえ今夜どのようなことが起ろうとも、すべてここだけの話にしておいてもらいたい。好意にはかならず報いる。では、また。いいな、胸壁のうえ、十一時と十二時のあいだ、きっと行くぞ。

一同　万事、お言いつけどおりに。

ハムレット　いや、みんなの友情に縋っているだけのこと、逆にお役に立つときもあろう。では、今夜。（一同、会釈して去る）父の亡霊が、甲冑に身を固めて！　ただごとではない。これには、なにか悪だくみが。夜が待ちどおしいぞ！　が、それまではじっと心を落ちつけて。どんな悪事も露顕する。硬い大地が結束して、それをひたかくしに隠そうと、所詮はむだだ。（退場）

2〔I－2〕

［第一幕　第三場］

3

ポローニアス邸の一室　レイアーティーズとその妹オフィーリアが出てくる。

レイアーティーズ　もう必要なものはすっかり積みこんだ。では、行くよ、オフィーリア、手紙をおくれ、順風で船の都合さえよければ。怠けてはいけないよ。

オフィーリア　怠けるとお思いになって？

レイアーティーズ　ハムレット様のことだが、そのお気もちも、一時の浮気（うわき）、若さゆえの気まぐれと思っていれば、まちがいない。早咲きのすみれのようなもの、開くのは早いが、永つづきはしない。甘くひびくが、その場かぎりの、はかない香り、つかのまの慰め、ただそれだけさ。

オフィーリア　それだけかしら？

レイアーティーズ　もう考えないほうがいい。人間は背たけだけ伸びるわけではない。体が成長すれば、本尊の心や魂も同時に成長する。ハムレット様は、なるほど、お前を愛しておられるかもしれない、今はな。今のところは、純情そのもの、お心のうち

［Ｉ－３］３

には、一点のしみも、いつわりもないだろう。だが、くれぐれもわきまえておかねばならぬことはハムレット様の御身分。お考えも自分のものであって、自分のものではない。御身分に随わねばならぬのだ。一介の平民とはちがって、気ままにふるまうというわけにもいくまい。お心ひとつで一国の安危が決るのだ。とすれば、妃をお選びになるばあいも、御自分の手足である国民全体の賛否に左右されるというわけだ。お前を愛していると言われても、ほどほどに信じておくのが賢明というもの。デンマーク国民の同意を得なければ、なにもできぬ特別の地位におられる方のお言葉としてな。その快い歌声にうっかり耳をかたむけ、われを忘れて、放縦なお言葉のまま大事な操を投げだしでもしようものなら、それこそ大変、二度と世間に顔だしできぬことにもなろう。いいか、オフィーリア、くれぐれも用心してくれなければ困る。情に負けてはいけない。つつましく身を伏せて、激しい欲情の矢玉をやりすごすがいい。「月に肌えを見するだに恥じらうおとめ」ということばもある。それに「貞女も逃れられぬが世間の蔭口」とか。「春の若芽に虫がつき、蕾のままに枯れ果てつ」ともいうし、また、それ、「露しげき初春の朝まだき、若き血潮に浸み入る毒気」ともいうくらいだ。注意するに越したことはない――用心こそ最上の安全弁、若さというやつは、とかくおのれの足をすくうもの、そばに手をだすやつがいなくともな。

オフィーリア　そのお諭しは心の見張り役、この胸のうちに、きっと大事に蔵っておきます。でも、兄上さま、よくあること、あの罰あたりの牧師さまをまねてはなりませぬ、相手には天国にのぼる険しい茨の道を説きながら、御自分のほうはいい気なもの、手に負えぬ道楽者同然、戯れ心にあちこちと花咲く小道でうつつをぬかしておいでになる。いつもの御説教はどこへやら。

レイアーティーズ　それこそ、よけいな心配というもの。いけない、だいぶ遅くなった。

ポローニアスがはいってくる。

レイアーティーズ　おや、父上が。またお別れの御挨拶か。これで父上のお恵みも二倍になるというわけだ。（跪く）二度もお暇ごいできるとは、思わぬ仕合せです。

ポローニアス　まだこんなところにいたのか、レイアーティーズ。さ、さ、乗りこんだり、乗りこんだり。帆は風をはらみ、お前を待っている。さあ――お前の仕合せを。（レイアーティーズの頭に手をのせる）さてと、一、二、言って聞かせることがある。しかと肝に銘じて忘れるなよ。いいか、腹に思うても、口には出さぬこと、突飛な考

〔I－3〕3

えは実行にうつさぬこと。つきあいは親しんで狎れず、それがなにより。が、こいつはと思った友だちは、鎖で縛りつけても離すな。というて、まだ口ばしの黄いろい、羽もはえそろわぬようなお調子ものと、やたらに手を握って、掌にまめをこしらえるではないぞ。けんか口論にまきこまれぬよう用心せねばならぬが、万一まきこまれたら、そのときは、目にものを見せてやれ。相手が、こいつは手剛い、用心せねばならぬと懲りるほどな。どんなひとの話も聞いてやれ。だが、おのれのことをむやみに話すではない。他人の意見には耳を貸し、自分の判断はさしひかえること。それからと、財布の許すかぎり、身のまわりには金をかけるがいい、といって、けばけばしく飾りたててはいかん。凝るのはいいが、華美は禁物。たいてい着るもので人柄がわかるものだからな。それにフランスの上流階級というやつは、いや、そうでのうても通人連ときたら、着るものがなかなかやかましゅうてな。ええと、金は借りてもいけず、貸してもいけずと。貸せば、金を失い、あわせて友をも失う。借りれば、倹約がばからしゅうなるというもの。ところで、いちばん大事なことはな、己れに忠実なれ、この一事を守れば、あとは夜が日につづくごとく、万事自然に流れだし、他人にたいしても、いやでも忠実にならざるをえなくなる。わかったな。では、行け――わしの言葉が、お前の胸のうちに実を結ぶように。

レイアーティーズ　ほんとうに行かせていただきます。

ポローニアス　もう時間もない。行け、行け、供のものが待ちくたびれているぞ。

レイアーティーズ　（立って）では、行ってくるよ、オフィーリア、いいか、さっき言ったこと、けっして忘れるのではないぞ。

オフィーリア　この胸のうちに、しっかり錠をおろして、鍵（かぎ）はそちらにお預けしておきます。（二人、抱きあう）

レイアーティーズ　お元気で。（去る）

ポローニアス　オフィーリア、あれがさっき言ったことというのは？

オフィーリア　べつに。ただちょっとハムレット様のことを。

ポローニアス　なるほど、よう気がついた。ハムレット様には、近ごろしげしげお前のところへお通いなさるという噂（うわさ）、お前もお前で、いい気になってそのお相手をしているそうな。もしそれが本当なら――いや、じつはひとから注意されたのだ、念のためにとな――それを聞いては、黙ってはおられぬ。お前にはまだはっきりのみこめておらぬらしい。いいかな、お前はわしの娘であり、嫁入りまえの体なのだ。一体、二人のなかはどうなのだ？　包まず言ってみなさい。

オフィーリア　この間から、たびたび、お心のこもったやさしいお言葉を。

ポローニアス　お心のこもった！　ぷっ！　恐れいりましたよ、けがをしたことのないおぼこ娘のおっしゃりよう。そのやさしいお言葉とやらを、心から信じてござるのかな？

オフィーリア　どう考えていいのか。

ポローニアス　よろしい、教えて進ぜよう――やさしいお言葉などという空手形を現なま同様に思いこんでいるお前は、赤ん坊でのうてなんだ。もっと自分を大事に、やさしゅう扱うがいい。さもないと、この親父さまのほうが、やさしゅう世間になめられてしまうぞ。うう、こう洒落のめしていたのでは、洒落の息が切れてしまうわ。

オフィーリア　でも、あのお方はすこしも悪びれずに。打ち明けてくださったときの御様子からも。

ポローニアス　ほい、御様子から、から、おっしゃるとおり、からっぽさ。

オフィーリア　いえ、お心のほどは知れました。何度も誓いをおたてになって。

ポローニアス　ほい、それ、それ、それが椋鳥をひっかけるわなでのうてなんだ。この身にも覚えがある。かっとなると、魂というやつ、えろう気が大きゅうなって、次から次へと、でたらめな誓いの大廉売。だがな、オフィーリア、このぱっと燃えあがった誓いの焔、はでに光るほどには熱がない、どころか、まだ盛んに数々の約束の火

〔I－4〕4

の粉を撒きちらしているうちから、熱も光もさっさと冷め衰えていく始末だ。燃えるもの、かならずしも火にあらず。今後は、よいか、娘は娘らしゅう、なにごとも控えめにな。お求めならば、いつでもお話相手を務めまするでは、あまりに見識がない。もっとお高く構えて、時には会うてさしあげるくらいがいいのだ。なにせ、ハムレット様といえばお年もまだ若いし、お前とはくらべものにならぬ自由な御身分、それだけはくれぐれも弁えておくがいい。手っとり早く言えばだ、誓いなど真に受けるではないぞ。男の誓いというやつはな、女子に不義をすすめる取持役、きれいに着飾ったうわべとは大ちがい、ありがたそうな御神託も、初手からだますつもりの殊勝な猫なで声、解るであろうな……くどいようだが、もう一言。はっきりいえば、今後ちょっとでもハムレット様と話をかわしてはならぬ。父の言いつけだ、そむくではないぞ。わかったら、さ、さ、奥へ。

オフィーリア　はい、お言葉どおりに。（二人退場）

〔第一幕 第四場〕

4

銃眼胸壁のうえの歩廊　櫓のひとつから人影が現われる。ハムレット、ホレイショー、マーセラスの三人。

ハムレット　身を切るような風だ。寒いぞ。

ホレイショー　耳がちぎれるようですな。

ハムレット　何時だろう？

ホレイショー　まだ十二時には。

マーセラス　いや、もう打ちました。

ホレイショー　本当か？　うっかり聞きのがした――では、そろそろ現われる時刻だな、いつもの例なら。（トランペットの響き、つづいて大砲の音）あれは、何事でございましょう？

ハムレット　それ、このごろはやりの乱痴気さわぎ、王が催す徹夜の酒宴。王様が葡萄酒(ぶどうしゅ)の杯をお飲みほし遊ばすごとに、そのつど太鼓と喇叭(らっぱ)で、みごとなお飲みぶりをはやしたてるという仕掛けだ。

ホレイショー　始終そのようなことを？

ハムレット　そうだ、よく倦(あ)きないものだ。この国の王子に生れ、幼い時から身についた習慣だが、守るよりは破ったほうが気がきいていると思う。昔から、よその連中に、酔っぱらいの、豚のと、あしざまに罵(ののし)られてきたのも、この乱酒のおかげ。せいぜい力んで、いかに成績をあげてみたところで、これではみんな台なしだ。個人のばあいにもよくあること、もって生れた弱点というやつだが、もっともこれは当人の罪ではない、誰(だれ)も自分の意思で生れてきたわけではないからな、ただ、性分で、それがどうしても制しきれず、理性の垣根(かきね)を越えてのさばりだす。いや、その反対に、ちょっとした魅力も度をすごすと、事なかれ主義の世間のしきたりに弾(は)ねかえされる。自然の戯(たわむ)れにもせよ、運のせいにもせよ、つまり、それが弱点をもって生れた人間の宿命なのだが、そうなると、たとえほかにどれほど貴い美徳があろうと、それがどれほどひとに喜びを与えようと、ついにはすべて無に帰してしまうのだ。たったひとつの傷のため、世間はこういう男を、どうしても容(い)れようとしない。けし粒ほどの砂が混じっていたからといって、世にも貴い珍味をくさし、食えぬといって卻(しりぞ)ける、そういうものなのだ。

突然、亡霊が現われる。

ホレイショー　ハムレット様、あれを！

ハムレット　神の御守護を！　天使か悪魔か、天界のそよかぜに吹き送られてこの地上を浮かれ歩くものか、それとも地獄の毒気に煽られて迷いさすらうのか、善か悪か真意は知らぬ。人の形をして現われたからには、問えば答えてくれよう。さあ、なんとでも呼ぼうぞ、デンマーク王、ハムレット、父上！　さあ、答えてくれ、すぐにも疑いの雲をはらしてくれ。死んで柩に納められ、手厚く葬られたものが、どうしてこの地上に？　きょうまで静かに死者を守ってきた重い墓石が、いまさら口を開いて亡骸を吐きだすとは？　鉛の死体に、氷のような甲冑姿、時もあろうに、雲間を洩れる鈍い月かげを縫って、なにゆえこの地上に？　おお、自然の掟に縛られて身動きできぬ人間どもが気に食わぬ、それで人智の測り知らぬ謎を投げかけ、人間どもの胆を冷やそうという魂胆か？　言え、そのわけを。どうしてだ？　どうしたらいいのだ？

（そのとき亡霊、ハムレットを手招きする）

ホレイショー　手招きしております。なにか、ほかのものには知られたくないことでも。

マーセラス　あのやさしいそぶり、どこか離れた場所へお連れしたい様子。でも、いらしては。

ホレイショー　なりませぬ、断じて。

ハムレット　ここでは口をききそうもない。よし、ついて行ってみよう。

ホレイショー　いけませぬ、危険です。

ハムレット　危険？　なにを恐れることがあろう？　針ほどにも思わぬ命だ。霊魂ならこちらも不滅、不滅のものにまさか危害を加えることもできまい。それ、また招いている。行こう。

ホレイショー　なぜそのような。よくあること、激流のほとり、海中に突き出た断崖（だんがい）のうえ、そういう危険な場所におびきよせ、急に恐ろしい魔性の姿に変じて、人の気を狂わせる。そのときは、そうなったら、どうなさいます？――なにもなくとも、切り立った崖（がけ）のうえから海面をのぞきこみ、岩うつ怒濤（どとう）の叫びを耳にすれば、もうそれだけで、人の心は平衡を失い、吸いこまれるような恐怖を感じるもの。

ハムレット　まだ招いている。どこへでも行け。ついて行くぞ。

マーセラス　いけませぬ、ハムレット様。

ハムレット　放せ。

ホレイショー　行ってはなりませぬ。

ハムレット　おのれの宿命がはじめて目をさましたのだ。体内の血管は力に満ち溢（あふ）れ、ニミアの獅子（しし）の筋のごとく、このように張りつめている。おお、まだ招いてい

〔I－4〕4

るな。放せ、放せというのに。（二人の手をふりほどいて、剣をぬく）邪魔すれば斬るぞ！ さあ、帰れ！ よし、行け、ついて行くぞ。（亡霊は櫓のひとつに消える。ハムレット、あとを追う）

ホレイショー 憑かれたように、もう御自分でもわけがわからなくなってしまわれたのだ。

マーセラス しかし、このままでは。まさか御命令どおり引きさがりもできまい。

ホレイショー もちろんだ――さて、どうなることか？

マーセラス この国のどこかが腐りかけているのだ。

ホレイショー なにごとも天に委せるよりしかたはない。

マーセラス それよりハムレット様のおあとを。（二人、ハムレットのあとを追う）

5　〔第一幕 第五場〕

城壁に沿った空地　城壁の戸が開き、亡霊、つづいてハムレットが現われる。ハムレットは抜剣の柄を十字架に擬して、亡霊のほうに突きつけながら出てくる。

5〔I－5〕

ハムレット　どこまで行くのだ？　さあ、口をきけ。もう、さきへは行かぬぞ。
亡霊（ふりむいて）言うぞ。
ハムレット　聞こう。
亡霊　もう戻らねばならぬ。地獄の業火に、われとわが身を責めさいなむ朝が近づいた。
ハムレット　地獄！
亡霊　憐みはいらぬ。いまより語る事の顛末、心して聞け。
ハムレット　言え。聞かずにおくものか。
亡霊　聞けば、復讐の義務から逃れられぬであろう。
ハムレット　なに？
亡霊　父ハムレットの亡霊。夜はあてどなく地上をさまよい、昼は地獄の業火にとりまかれ、生前この世で犯した罪の数々の焼き浄められる苦患に堪えねばならぬ定め。その恐ろしい責苦の模様は語れぬ。語れば、その一言で、お前の魂は震えおののき、若き血潮も凍りつこう。両眼は流星のように眼窩を飛びすさり、その束ねた髪も猛り狂った山荒しの針毛のように一筋一筋さかだつであろう。そのはてしなき冥界の秘密を、現身の人間に伝えることは許されぬのだ。聞け、聞いてくれ！　お前が本当に父を想うていたのなら――

ハムレット　おお！

亡霊　非道、無慙な殺人の恨みをはらしてくれ。

ハムレット　殺人！

亡霊　人をあやめる、なんというむごたらしさ、わけても、かほど非道、無慙な罪がまたとあろうか。

ハムレット　ええい、早く聞かせてくれ。すぐさま敵のところへ飛んで行くぞ。直感や恋の翼のおよばぬ早業で、おお、みごと恨みをはらしてやる。

亡霊　うれしいぞ。この話に心うごかぬようなら、冥府を流れる物忘れ川のほとりに生い、そのまま無為に朽ちてゆく雑草同然、頼みにならぬ男と思うぞ。聞いてくれ、ハムレット。父の死因につき言いふらされし故意の流言、デンマーク中がそれにだまされ、誰ひとり疑うものもない。庭で午睡の夢を楽しみおりしそのとき、毒蛇に嚙まれて死んだと。そのとおり、そして父を嚙み殺したその毒蛇が、現在、頭に王冠をいただいておるわ。

ハムレット　う、思ったとおりか！　やはり、あの叔父が！

亡霊　畜生にも劣る人非人。不義といおうか乱倫といおうか、その生れついたる邪智奸佞、女を惑わす才にたけ、手練手管を弄して、操ただしき妃をたぶらかし、恥ずべき邪淫の床に誘った。ハムレット、なんという裏切りか！　神前に契った夫婦の誓いをそのまま、陰ひなたなくいたわりつづけてきたこの父の清い愛に背いて、あのような較べものにならぬ下劣な男に心を傾けるとは。淫な欲情が天使の姿をかりて言いよろうとも、心うごかさぬのがまことの操。淫な女は輝く天使と契りを結ぼうとも、天界の清浄な寝床に倦きて、腐肉を漁りたがるもの。おお、早くも暁のけはい。手短かに話そう。昼さがり、庭に午睡を楽しむのは、いつものならい。その日も、解けし心の隙をうかがい、無心の王に近よったお前の叔父は、小瓶に入れた毒液を、この耳の孔にたらしこんだのだ。癩のように肉をただらす恐ろしいヘボナの毒汁を。それこそ、人間の血潮を乱す劇薬、たちまち五体を水銀のように駆けめぐり、乳のなかに落し酸のごとく、澄める血潮を見る見るうちに固まらせてしまうのだ。おお、その醜さ、滑らかなりしわが肌は癩病やみさながら、全身たちまち見るも厭わしい瘡ぶたに蔽われてしまった……こうして、仮寝のひまに、実の弟の手にかかり、命ばかりか、王位も妃も、ともども奪い去られ、聖礼もすませず、臨終の油も塗られず、懺悔のいとまもなく、生きてある罪のさなかに身も心も汚れたまま、裁きの庭に追いやられたのだ。なんという恐ろしさ！　おお、なんという！　かりにも父を想う心あらば、デンマーク王家の臥床(ふしど)を不義淫楽の輩(やから)に踏みにじらせてはならぬぞ……だが、いたずらに事をあせり、卑劣なふるまいに心を穢(けが)すなよ。母に危害を加えてはならぬ――天の裁きにゆだね、心のとげに身をさいなませるがいい。頼んだぞ、ハムレット。もう行かねばならぬ。夜明けが近づいた。はかない蛍(ほたる)の火も薄れてゆく。もうこれまでだ、行くぞ。父を忘れるな、父の頼みを。（亡霊、大地に消えうせる。ハムレット、狂おしく跪(ひざまず)く）

ハムレット　おお、満天の星！　この大地！　そのほかに何があるというのか？　地獄？　ええい、ばかな！　しっかりしろ、気をたしかにもて。五体をささえる筋肉ども、萎(な)えるなよ、それ、すっくと……（立ちあがる）忘れるなと？　哀れなやつ、心配するな、このひっくりかえされた玩具箱(おもちゃばこ)のなかに、すこしでも記憶力の落ちつく余地のあるかぎり大丈夫だ。忘れるなと？　よし、本からおぼえた金言名句、幼い目に映った物の形や心の印象、一切合財、いままで記憶の石板に写しとっておいた愚にもつかぬ書きこみは、きれいさっぱり拭(ぬぐ)いさり、ただきさまの言いつけだけを、この脳中の手帳に書きしるしておくぞ。そのほかの由(よし)なしごとは消えてしまえ――うむ、きっとだ！　おお、なんという非道の女！　それに、ああ、あの悪党、悪党め、微笑をたたえて、ええい大悪党！　手帳にはっきり書きとめておいてやる、（手帳に書きこむ）微笑して、微笑をたたえながら、しかも悪党たりうる、このデンマークでは、どうやらそんなことが出来るらしい……やい、クローディアス、もう逃れられぬぞ。さあ、わが身の守りことばだ、「父を忘れるな、父の頼みを」……（跪き、剣の柄に手をかけ）固く誓ったぞ。（祈りつづける）

ホレイショーとマーセラスが城門から出て来て、闇（やみ）のなかを呼びまわる。

ホレイショー　ハムレット様、ハムレット様！

マーセラス　ハムレット様。

ホレイショー　どうぞ御無事で！

ハムレット　よし！（立ちあがる）

マーセラス　ほうい、ほう、ほう、ハムレット様！

ハムレット　ほうい、ほう、ほう、ここだ、ここだ。ふん、鷹狩（たかが）りよろしくだな。

（二人、ハムレットを見つける）

マーセラス　あ、何事も？

ホレイショー　いかがでした、ハムレット様？

ハムレット　うむ、すばらしい！

ホレイショー　え、あれから何か？

ハムレット　いや、話せば、ひとに洩らさずにいまい。

ホレイショー　そのようなことは、けっして。

マーセラス　夢にも。

ハムレット　ふむ、では、どう思う？　このようなことが、きょうまで一度でも人の心に浮んだことがあろうか？　きっと秘密は守るな？

ホレイショー
マーセラス　かならず。

ハムレット　このデンマークに悪人は一人もいない、もしあいつが、いや、みんな名うての大悪党、悪人などとはなまやさしい。

ホレイショー　それを言うために、わざわざ亡霊が、墓場から。

ハムレット　ごもっとも、おっしゃるとおりだ。というわけで、もう廻りくどい話は一切やめにして、ここは、おたがい、握手してお別れということにしたほうがよさそうだ。誰しもそれぞれ用のある体、そちらにも務めもあれば仕事もあろう。こちらもこちらで、ただぶらぶらしているわけではない。そうだ、お祈りに出かけなくては。

ホレイショー　さきほどから伺っておりますと、どうも、とりとめのないことばかり。

ハムレット　すまぬ、気にさわったら許してくれ。悪かった。ほんとうに許してくれ。

ホレイショー　いえ、なにも悪いなどと。

ハムレット　（ホレイショーにのみ）いや、それが、あるのだ、ホレイショー。大いに悪いことがな――やっとわかった。さっきの亡霊、あれはこちらの身方だ、それだけ言っておく――どんなことがあったか知りたいだろうが、まあ、我慢してくれ。（二人に）ところで、二人に頼みがある。友だちとして、学者として武人として、ひとつ聞いてもらいたいのだが。

ホレイショー　何事で？　もちろん喜んで承ります。

ハムレット　今夜のこと、けっして口外してくれるなよ。

ホレイショー
マーセラス　おっしゃるまでもございませぬ。

ハムレット　いや、誓ってくれ。

ホレイショー　神かけて、他言いたしませぬ。

マーセラス　他言はいたしませぬ、神にかけて誓います。

ハムレット　（剣を抜き）この剣(つるぎ)にかけて。

マーセラス　でも、もう。

ハムレット　この剣にかけて、この十字架にかけて。
亡霊（地下で）誓え。
ハムレット　ほ、ほう！　きさまもそう言うな？　そんなところにいたのか、相棒？　さ、さ、お聞きのとおり、穴倉でも誓言を御所望だ。頼む、誓ってくれ。
ホレイショー　誓言の文句は？
ハムレット　今夜、見たことは、どのようなことがあろうとも口にせぬ、とな。さあ、剣にかけて。（二人は柄に手をのせる）
亡霊（地下で）誓え。
ハムレット　神出鬼没というわけだな？　よし、場所を変えてみよう。こちらへ来てくれ。もう一度、柄に手をおいて。さ、剣にかけて誓ってくれ、今夜、耳にしたことは断じて洩らさぬ、と。
亡霊（地下で）剣にかけて誓え。
ハムレット　よく言った、もぐらどの！　地面の下をずいぶん早く動きまわるではないか？（二人、無言で誓う）あっぱれ、大した坑夫だ！　うむ、もう一度、場所を変えてみよう。
ホレイショー　おお、不思議、一体これは！

ハムレット　だからさ、珍客はせいぜい大事にしようではないか。ホレイショー、この天地のあいだには、人智（じんち）の思いも及ばぬことが幾らもあるのだ。ところで、今度は――ここだ。さっきと同様、けっして他言はしないと、そう、それがけっきょく自分のためにもなる。いいか、今後、時にとって必要とあれば、ずいぶん奇怪なふるまいも、あえてして見せねばならぬかもしれぬ。そのようなとき、こちらを見て、こう腕を組み、頭をふって、「なるほど、やはりそうか」「わけは知らぬでもないが」「言おうと思えば」「知っているやつもいるかもしれぬ」そのような意味ありげなことを呟（つぶや）き、このハムレットについて、さもなにか知っているといったそぶりを見せぬこと――さ、けっしてそれをしないと誓ってくれ。その友情を、神が見すごしたまうはずはないぞ。

亡霊　（地下で）誓え。

ハムレット　鎮（しず）まれ、鎮まれ、せっかちな亡霊どの！（二人、三たび誓う）そう、これでよしと。万事、頼んだぞ。このハムレット、今でこそ一介の無力な若輩者にすぎぬが、かならず神助を得て、友情にお報いできる時も来（こ）よう。さあ、帰ろう。それ、唇（くちびる）に封をして。この世の関節がはずれてしまったのだ。なんの因果か、それを直す役目を押しつけられるとは！　いや、なに、さ、行こう。（一同、城門をくぐって引き

こむ）

――数週間経過

〔第二幕 第一場〕

6

ポローニアス邸の一室 ポローニアスとレナルドー。

ポローニアス レナルドー、この金をとどけてくれ、それからこの書きつけをな。

レナルドー はい、かしこまりました。

ポローニアス お前が利口ものならばだ、レナルドー、レイアーティーズに会うまえに、まずもってその行状をさぐるという手があるのだがな。

レナルドー はい、じつはそのつもりで。

ポローニアス ほう、でかした、よく気がついた。いいかな、まず、こうたずねてみることだ。パリにどんなデンマーク人がいるか、そいつは誰（だれ）か、どんなふうに、どう暮しをたてているか、どんな仲間とつきあっているか、どのくらい金を使っているか、ま、こんなぐあいに、ぽつぽつ遠まわしにきいていってだな、相手がレイアーティー

6〔Ⅱ－1〕

ズを知っているとなったら、そんなまどろっこしい質問はやめにして、さらに問題の核心に迫ってゆくのだな。自分もだいたい知っているような顔をして、たとえば、「親父（おやじ）を知っておりまして、友だちも、いや、本人にしても多少は知らぬでもありませぬが」というふうに――わかったな、レナルドー？

レナルドー　え、そりゃ、もう、もちろん。

ポローニアス　「本人にしても多少は知らぬでもありませぬが、しかし」いいか、それからだ、「よくはぞんじておりませぬので。ただ、もしその男だとすると、たしか大変な乱暴者で、おまけに道楽が多くて、たとえば」というぐあいに話をすすめる。なんでもいいから、その場で口から出まかせの悪口をいってやれ。ただし、あれの名誉にかかわるようなことは、いっさい禁句だ。それだけは気をつけてな。色事、乱暴、ちょっとしたしくじり、ま、その程度の、気楽な部屋ずみの若者にならよくありがちなことをな。

レナルドー　たとえば賭（か）けごとなど。

ポローニアス　そう、飲む、打つ、買う、その他、撃剣（げっけん）よろし、喧嘩（けんか）よろし――その辺まではな。

レナルドー　でも、そこまでまいりますと、レイアーティーズ様の御名誉にかかわりましょうが。

ポローニアス　いや、そんなことはない。ものも言いようだからな。が、それ以上に汚名を着せてはならん。あの男はとくべつ女ずきだなどと言えば、これはもう言いすぎだ。そこはうまく、それ、言葉の綾（あや）というやつでな、誰にもありがちのこと、自由な境涯（きょうがい）にともないがちな瑕瑾（かきん）、つまり、激しい気性の勢いのあまり、しつけのたらぬ若者の、血気に逸（はや）って、ということにしておいてもらいたい。

レナルドー　でも、その――

ポローニアス　なんのために？

レナルドー　はい、そのわけを聞かせてくださいませ。

ポローニアス　そこだ、わが真意かくのごとし。けっこう妙案と思うておるのだが。レイアーティーズにちょっと難癖をつける、それも思わず口がすべってといった調子でな。すると、探りを入れられた相手はだ、いいか、その男が、たまたま現場に居あわせ、そういうレイアーティーズを見でもしたことがあろうものなら、まちがいなし、きっと話にのってくる。ま、こんなふうにな、「あ、もし」とか「よう」とか「あのう」とか、そこは身分や土地柄（とちがら）によって、いろいろ言いかたがあろうがな。

レナルドー　なるほど、さようで。

ポローニアス　で、その男は、そう、その男は、その、何を言おうとしていたのかな？　たしかになにか言いかけていたのだが。話はどこまでいったっけな？

レナルドー　「こんなふうに話にのってくる」というところまででございます。「よう」とか、「あのう」とか。

ポローニアス　「こんなふうに話にのってくる」というところと、それ、そこだ――相手はこうくる、その人なら知っていますよ、きのうお見かけした、いや、もっとまえだ、それとも、いつでもいい、とにかく見たことがある。誰それと一緒でした。おっしゃるとおり、賭けごとをしていたとか、飲んだくれていたとか、テニスで喧嘩していたとか。いや、ことによると、かくかくの店におはいりになるところに出あわせたなどと言うかもしれぬ。それ、すなわち女郎屋のことだ。わかったかな、うそを餌(えさ)に、まことの鯉(こい)を釣りあげようという寸法さ。万事このとおり、われら、智慧(ちえ)と先見の明を誇るものはだ、つねに直接法を避ける。間接に、搦手(からめて)から攻めたてて、かならず獲物(えもの)をしとめるのだ。お前も、いま言ったとおりにやってみるがいい、倅(せがれ)の行状も難なく突きとめられよう。わかったろうな、え？

レナルドー　はい、たしかに。

ポローニアス　では、行け、頼んだぞ。

レナルドー　はい、はい。

ポローニアス　自分の目でも、倅の様子、とくと見てくるのだぞ。

レナルドー　かならず、はい。

ポローニアス　思うぞんぶん羽をのばさせておいてな。

レナルドー　かしこまりましてございます。

ポローニアス　さ、行け！（レナルドー退場）

入れちがいにオフィーリアが駆けこんでくる。

ポローニアス　どうした、オフィーリア？　何事だ？

オフィーリア　お父さま、大変でございます、恐ろしいことが！

ポローニアス　どうして、いったい何が？

オフィーリア　いま縫物をしておりましたら、ハムレット様が、いきなり部屋のなかに。上衣(うわぎ)の胸もはだけ、帽子もかぶらず、汚れた靴下(くつした)はだらしなく垂れさがったまま、紙のように青ざめたお顔で、お膝(ひざ)をふるわせ、今のいま地獄から脱(ぬ)けだして来(こ)られたかのよう、まるでその恐ろしさを告げにいらしたとでもいうように、それはそれはたいそう悲しげな御様子で——私のまえに、じっとお立ちになって。

ポローニアス　さては恋に気でも狂うたか？

オフィーリア　ぞんじませぬ。でも、万一そのようなことになったら。

ポローニアス　で、ハムレット様、なんと言われた？

オフィーリア　私の手首をおとりになり、ぎゅっと痛いほどお握りしめになって、それからお手の伸びるだけうしろへさがられ、片方のお手をこめかみにおかざしになり、まるで肖像画でもお描きになるかのように、じっと私の顔をお見つめになって。ずいぶん長いあいだそうしておいでしたけれど、そのうち、手首をそっとゆすぶられ、このように三度もうなずくような御様子を。それから、たいそう悲しげな深い溜息をなさって、ええ、今にもお体が崩おれそうな。それで、やっと手を放してくださり、肩ごしにこちらをお見つめになったまま、戸口のほうへ。前は見ずともわかるとでもおっしゃるように、いつまでも私の顔にお目をお預けになって。

ポローニアス　それ、筋書どおりだ。さ、一緒に来なさい。王様はどこかな。これ、まさしく恋ゆえの狂気、嵩じれば、われとわが身を害い、果てはおのれを忘れて、どんなむちゃをやらかすやら知れたものではない。総じて、いかなる激情も、人間の性根を食い破るものだが、この恋というやつは、また格別。それにしても、ぬかった

――これ、オフィーリア、近ごろハムレット様に、何かつれないことでも申しあげはしなかったか？

オフィーリア　いいえ、そのようなことは。でも、お言いつけどおり、お手紙はそのままお返しいたし、おいでもお断わり申しあげました。

ポローニアス　それだ、それで気が狂うた。ぬかったぞ、もうすこし心にかけて、御様子を見守っておればよかったのだ。ただ、ハムレット様の一時の気まぐれで、お前を疵物にされてはと、そればかりに気をとられて。ええ、とんだ邪推だったわい。どうも、この年になると、頭のなかで先へ先へと取越苦労が過ぎてな。これでは若い者の無分別に文句が言えぬ。どっちもどっちだ。さ、さ、行こう、王様の御前に。ぜひお知らせしておかねばならぬ。この恋物語の一条、お耳に入れれば、お叱りを受けようが、隠しておいたなら、あとにお悲しみが残ろう。さ、さ、オフィーリア。（二人退場）

7　〔第二幕　第二場〕

城内、謁見の間　正面入口の後方は大廊下。入口の左右に幕。その突きあたりは扉になっている。

トランペットの吹奏。王、妃（きさき）、つづいてローゼンクランツ、ギルデンスターン、廷臣たち。

王　おお、ローゼンクランツ、ギルデンスターン。まえまえからぜひ会いたいと思っていた。急に二人の力を借りねばならぬことが起り、とりあえず使いをだした次第だ。すでに聞いてもいよう、近ごろ打って変ったハムレットの態度――いや、じじつ、表ばかりでなく、心のうちまで、昔とは似ても似つかぬ変りよう。どうしてそんなことになったのか、ま、父親の死ということ以外、かほどまでにわきまえを失う原因、とりたててこれと想像がつかぬ。で、子供のころから一緒に育った二人、折いって頼みがある。あれの気心も癖もよくのみこんでいよう、しばらくこの城にくつろいでもらって、ハムレットの相手になり、あれの心を慰みごとに向けさせてはくれぬか。思いもよらぬ悩みの種がないともかぎらぬ。それがわかれば、なんとか救いの手だて、無いでもあるまい。折を見て、それとなく探りを入れてもらえぬか。

妃　ええ、ハムレットはよく二人のことを噂（うわさ）して。どうやら、いちばん気が合うらしい。いまの話、できれば、ここにとどまって、なにくれとなく力になってもらえれば、

〔II－2〕7

これほどうれしいことはありませぬ。いずれ王から応分の御沙汰（ごさた）もあろうこと。

ローゼンクランツ　頼むなどと仰（おお）せられては恐縮でございます。王者としての至上の大権、御意（ぎょい）のまま御命令あって然（しか）るべきもの。

ギルデンスターン　もちろん、喜んで仰せにしたがい、粉骨砕身、勤めを果しとうぞんじます。

王　頼んだぞ、ローゼンクランツ、ギルデンスターン。

妃　好意は忘れませぬ、ギルデンスターン、ローゼンクランツ。では、すぐに変りはてたわが子を慰めて。誰（だれ）か、二人をハムレットのところへ。

ギルデンスターン　ハムレット様のお慰めにもなりお力ともなれれば、なによりの仕合せ、なにとぞ、そのように！

妃　ともども神に祈ります！（ローゼンクランツとギルデンスターン、恭（うやうや）しく礼をして退場）

　　ポローニアス登場。王に話す。

ポローニアス　ノールウェイより使者が戻（もど）りましてござります、それも吉報で。

王　おお、ポローニアス、お前はいつもながら吉報の生みの親。

ポローニアス　で、ござりますかな？　憚(はばか)りながら、それがしにとって、お務めこそ命そのもの。神にたいし奉(たてまつ)りましても、またわが恵み深き王家にたいし奉りましても、同様、骨身を惜しまず刻苦精励、というわけで、ようよう目星がつきました、ええ、つきましたとも。もしこれが間違いでござりましたら、この頭、もはや政(まつりごと)のお役にたたぬものとおぼしめせ。ほかでもござりませぬ、とうとう嗅(か)ぎだしてござります。みごとハムレット様御狂気の真因を。

王　おお、ききたい。待っておったぞ。

ポローニアス　が、まずは使者にお目どおりを。その御馳走(ごちそう)をたっぷりお召しあがりになり、それから食後のお摘(つま)みにでもそれがしの情報を、ということに。

王　では、お前みずから、ねんごろに迎えいれてくれぬか。（ポローニアス退場）ガートルード、あれの話では、ハムレット気鬱(きうつ)の真因、みごと突きとめたとか。

妃　さあ。といって、父親の死と、早すぎた婚儀と、それ以外に真因というほどのことは。

王　うむ、とにかく問いただしてみねば。

ポローニアスがヴォールティマンド、コーニーリアスを伴って登場。

王　おお、無事でなにより！　ヴォールティマンド、早速だが、ノールウェイ王の返事をきこう。

ヴォールティマンド　至極鄭重な御挨拶、くれぐれもよろしくとのことでございました。（二人、敬礼する）わがほう最初の申入れにて、すぐさま御使者をおたてになり、甥御フォーティンブラス殿の募兵をさしとめられました。お話では、ポーランド遠征のための募兵とのみ思いこんでおられた由。それが、御調査の結果、わが国相手に事を構えようたくらみと判明、まんまと欺かれておった、それも病いには勝てぬ老齢ゆえの怠りと、ことのほかのお歎きでございました。フォーティンブラス殿は、ただちに王命どおり募兵を中止され、老王のおとがめに服し、その御前にて、今後二度とデンマーク王家にたいし奉り干戈を動かすまじと誓言なさいました。老王は至極御満悦、年金三千クラウンを賜い、すでに駆り集めた兵を、ポーランド攻略に用いる権限を許されました次第、ただそのためには、ノールウェイ軍、デンマーク領内通過の御承認をいただけますや否やとのこと、さしあたって、当方の治安、与えうる便宜、その他の条件につきましては、詳しくそれに認めてございます。（書類を手渡す）

王（それを受けとり）うむ、満足であるぞ。いずれ機を見て、目をとおし、よく考えたうえで、返事をすることにしよう。まずは二人の骨折りに礼を言うぞ。退って休むがよい。夜は、ともに祝杯を汲みかわそう。うむ、無事帰国、なによりであった。

（ヴォールティマンド、コーニーリアス、礼をして去る）

ポローニアス　さて、さて、これで万事めでとう納まりましたわい……ところで、王様、お妃様、そも、国王の主権、いかがあるべきや、臣下の本分、いかにあるべきや、はたまた、昼はなにゆえ昼なるか、夜はなにゆえ夜なるか、いや、なにゆえ時は時なりやと、かかる詮議だては、夜を、昼を、そして時を、ますます空費するばかり。したがいまして、簡潔こそは智慧の心臓、冗漫はその手足、飾りにすぎませぬがゆえに、ひとつ手っとり早いところを申しあげます――王子ハムレット様は気ちがい、はい、あえて気ちがいと申しあげまする。そのわけは、もしここに真の狂気を定義するとせんか、それは、気がちがっているということ以外の何ものでもないということ以外のなんでござりましょうや？　ま、そのようなことはどうでもよろしいといたしまして。

妃　早う肝腎の用件を、むだなお喋りはあとにして。

ポローニアス　これは、お妃様。むだなお喋りではござりませぬ。王子様の狂気、それは本当でござります。まったく本当にお気の毒、お気の毒だが本当。いや、これこ

〔II－2〕7

そ愚にもつかぬ言葉の遊び、はい、今度こそ、やめにいたします。むだなお喋りはいたしますまい。さてと、王子様は気ちがい、そうお決めいたしまして、次に残る問題はと、かかる結果の原因は、というよりは、かかる欠陥の原因は、そもなになるやを突きとめること、そうではございませぬか。かかる欠陥的結果にはかならず原因があるに決っておりますでな。問題が残ると申しますのは、じつは、ここに、叡慮（えいりょ）をわずらわしたき一件が。（胸から数葉の紙をとりだす）それがしの娘が、はい、いまのところそれがしの所有で、それが、親孝行な、おとなしい子でございますので、よろしいか、ほれ、これをそれがしに。さ、さ、よろしゅう御推察のほどを。（ハムレットの手紙を読む）「天使のごとき、わが心の偶像、世にもうるわしきオフィーリアに」――これはいかん、へただ、まずい。「世にもうるわしき」はいかにもまずい文句で。が、ま、さきを。こうございます。（読む）「その妙（たえ）なる白き胸に、この文を、云々（うんぬん）」――

妃　あの、それはハムレットからオフィーリアへ？

ポローニアス　ちょいとお待ちくださりませ。すべてありのまま、お言葉どおりを――（読む）

燃ゆる星　空ゆく日

疑うきみの　心かなしく
見せまほし　わが心
いつわりの世に　まことのあかし

やめよう、オフィーリア、このように字数の辻褄を合わせたり、苦しい想いを態よく型にはめて歌ったり、もともとそうしたことの出来る人間ではないのだ。ただ一言、愛する。誰よりも、何よりも。それだけは信じてもらいたい。さらば。

こよなく貴き女人へ、この五体の形あるかぎり永遠の僕、ハムレットより。

このお手紙、娘は、いいつけどおり見せてくれましてござります。のみならず、これまでの一部始終、つまり、いつ、どこで、どのように言いよられたか、つぶさにこの耳に。

王　で、それを、オフィーリアは、どう？

ポローニアス　王様、それがしをどういう人間とおぼしめします？

王　立派な忠義者と。

ポローニアス　そうありたいものでござります。ところで、どうお考えあそばしましょう？　このかっかと燃えさかる恋の火の手を見てとりまして、じつを申しますと、娘が打ちあけるまえから、ちゃんと承知、それを、もし見て見ぬふり、まるで机や便箋よろしく、この恋、黙って見過しましたら、王様はもとより、お妃様のお気もちは？　いや、なりませぬ、それがし、ただちに乗り出し、娘を呼びつけ、かように申し聴かせましてございます——「ハムレット様は王子、身分ちがいだ、ならぬ」とな。さらに、今後はハムレット様お出入りの場所に、あえて顔だしせぬよう、お使いもお断わりし、贈り物もお受けしてはならぬ、さよう、かたく申しつけました。娘は、もちろん、言いつけを守りましてございますが、ところで、肘鉄くわされたハムレット様には、手っとり早く申しますと、お悲しみのあまり、三度のお食事もろくろくのどを通らず、夜は御不眠にとりつかれ、あげくのはてに、すっかり御憔悴あそばされ、心もそらに、ただもう転落の道をまっしぐら、ついには御発狂、お聴きのとおり、たわごとばかり、それが、こちらにとっては心配ごと。

王　どう思うな？

妃　あるいは。ありそうなことと。

ポローニアス　これまでに、はっきり「これはこう」と申しあげましたことで、ぜひ承りとうございます、そうでなかったためしが、ただの一度でも？

王　いや、無かったようだな。

ポローニアス　万一、眼鏡ちがいでございましたら、（頭と肩とを指さすしぐさ）これからこれを、おはずしめされ。手がかりさえあれば、事の真相を掘り起してお目にかけましょう。たとえ地球のまんなかに隠されていようとも、ええ、わけもないこと。

このとき、ハムレットが正面の戸口から大廊下にはいってくる。だらしのない着こなしで、歩きながら本を読んでいる。室内の話し声を耳にし、ふと立ちどまり、そばのカーテンの蔭(かげ)に身を隠す。

王　それには、今のところ、どうしたらよいのだ？

ポローニアス　ごぞんじでもございましょうが、ハムレット様は、よくこの大廊下を、長いことぶらぶらしておられることがございます。

妃　そういえば、ほんとうに。

ポローニアス　そんなときを見はからって、ひとつ娘を放してみましょう。で、御一緒に壁掛のうしろにでも隠れ、双方出遭いの模様、ひそかにうかがうということにいたしましては。もし、王子様のお気は確か、娘に心をお奪われになどなってはおらぬ、とならば、この輔弼(ほひつ)の大任ただちに投げうち、田舎に引きこみ、牛馬を相手に野良(のら)仕

［Ⅱ－2］7

事を、はい、いつでも喜んでそういたしましょう。

王　よろしい、やってみよう。

ハムレット、本を読みながら出てくる。

妃　あ、あそこに、あのような暗い顔をして、なにか読みながら。

ポローニアス　あちらへ、さ、さ、早うあちらへ。さっそく当ってみましょうゆえ。では、御免を。（王と妃、急ぎその場を去る）これは、これは、ハムレット様お元気で？

ハムレット　うむ、おかげで、どうやら。

ポローニアス　それがしを、ごぞんじで？

ハムレット　ごぞんじどころか。女郎屋の亭主（ていしゅ）ではないか。

ポローニアス　とんでもござりませぬ。

ハムレット　では、せめてあのくらいの正直者であってもらいたいな。

ポローニアス　正直者？

ハムレット　さよう、正直者といえば、当節、一万人にひとりという有様だ。

ポローニアス　なるほど、ごもっとも。

ハムレット　清き日の御子（みこ）、戯れ心（たわむごころ）に腐れ肉をば賞（め）でたまい、熱き口づけもて、犬の屍（しかばね）に蛆（うじ）をわかしたまえば……ときに娘はあるか？

ポローニアス　はい、ございます。

ハムレット　なら、そこらをほっつき歩かせぬこと、日にあてると腐る。世間を知るのはけっこう。が、ついでにとんだことまで知りかねない。せいぜい気をつけるがよいぞ。（ふたたび本にもどる）

ポローニアス　これ、このとおり、まだ娘のことを、なんのかのと。それにしても最初はわからなかった、ほい、女郎屋の亭主だなどと。だいぶいかれておるわい。いかれ放しだわい。うむ、この年寄にもおぼえがある。恋というやつ、若いころにはずいぶん苦しまされた、ま、こんなものだったぞ……お、もう一度、話しかけてみよう……ハムレット様、なにをお読みで？

ハムレット　言葉だ、言葉、言葉。

ポローニアス　いえ、なかには、どんなことが？

ハムレット　なか？　誰と誰とのなかだ？

ポローニアス　その、いまお読みになっておられる本の、中味のことをおうかがいしておりますので。

ハムレット　（ポローニアスにのしかかるようにする。ポローニアス、たじたじとして退く）悪口だ。こいつ、なかなか辛辣な男で、こう書いている。老人とは白きひげあるものの謂いにして、顔中しわだらけ、眼より濃き琥珀色の松脂流出し、頭脳の退化はなはだしく、あわせて膝関節にいちじるしき衰弱を示す——一々ごもっとも、まさにそのとおり、それにしても、こう身も蓋もなく書いてしまっては、徳義に反するというもの、そうではないか、お前にしても、このハムレットとおない年くらいにはなれようかもしれぬ……もし、蟹のようにうしろむきに這うことができればな。（ふたたび本を読みはじめる）

ポローニアス　狂気とはいえ、ちゃんと筋がとおっておるわい。ええ、ハムレット様、外気はお体に障ります。おはいりになっては？

ハムレット　自分の墓穴にな。

ポローニアス　なるほど、妙案、そこならたしかに外気は防げる。ときおりみごとな返答、さっきからやられてばかりおるわい！　気ちがいの一得というやつ、正気の理性には思いもつかぬ名言がとびだしてくる。ここは適当に切りあげ、娘との出会いの手はずを早々に考えることにしようか。ええ、王子様、ひとまずおいとまをいただきとうぞんじます。

ハムレット　おお、さっきから待っていた。いまのところ、喜んでお前にやりたいと思うのは、その、おいとまくらいのものだ。もっとも命は別だ、命ならくれてやるぞ、命ならな。

ポローニアス　では、ごきげんよろしゅう。（恭しく礼をする）

ハムレット　憎いやつだ、耄碌爺め！（また本にかえる）

ローゼンクランツとギルデンスターンがやってくる。

ポローニアス　ハムレット様か？　そこにおいでだ。

ローゼンクランツ　（ポローニアスに）では、失礼を。お大事に。（ポローニアス、去る）

ギルデンスターン　ハムレット様！

ローゼンクランツ　おひさしぶりでございます。

ハムレット　（顔をあげ）おお、よく来てくれた！　元気か、ギルデンスターン？

（本を閉じ）ああ、ローゼンクランツ！　なつかしいぞ、二人とも元気だろうな？

〔Ⅱ－2〕 7

ローゼンクランツ　どうやらこうやら、まず生きているというところで。

ギルデンスターン　しあわせにも、しあわせすぎないというところで。幸運の女神の肩におぶさってというわけにはまいりませぬ。

ハムレット　といって、その踵(かかと)にふみにじられるというほどのこともあるまい？

ローゼンクランツ　まさか、そのようなことも。

ハムレット　それなら、女神の、ちょうど腰のあたりにしがみついて、御利益(ごりやく)の半分くらいで、ほどよく満足しているというわけだな？

ギルデンスターン　は、けっこう御利益をいただいているほうでございましょう。

ハムレット　女神の乳房をまさぐったりしてな？　うむ、いかにもありそうなことだ。あいつは淫売(いんばい)だからな。ところで、なにか世間話を聞かせてくれぬか。

ローゼンクランツ　なにも変ったことはございません。ただなによりなのは、世のなかもだいぶ落ちついてまいりましたようで。

ハムレット　とすれば、世の末も近いというわけだな。が、そんな情報は信じられぬ。では、たずねるが、一体どんなお咎(とが)めを蒙(こうむ)ったというのだ。幸運の女神にかわいがられていたはずの二人ではないか。それがおなじ女神の手で、この牢獄(ろうごく)に送りこまれるとは？

ギルデンスターン　牢獄？
ハムレット　デンマークは牢獄だ。
ローゼンクランツ　ということになれば、世界中が牢獄ということに。
ハムレット　そう、途方もなく大きなやつだ。そのなかには、独房あり、地下牢あり、なかでもデンマークはいちばん悪質のほうだぞ。
ローゼンクランツ　まさかそのようなことが。
ハムレット　ふむ、それなら、二人にはそうではないということになる。もともと、良い悪いは当人の考えひとつ、どうにでもなるものさ。このハムレットには牢獄、ただそれだけの話だ。
ローゼンクランツ　それは、つまり、輝かしい大望をいだいておられるからでは。なるほど、望みのある身には、この国はいかにも狭すぎましょう。
ハムレット　なにを言う！　このハムレット、たとえ胡桃(くるみ)の殻(から)のなかに閉じこめられていようとも、無限の天地を領する王者のつもりになれる男だ。悪い夢さえ見なければな。
ギルデンスターン　その夢こそ大望、野心の実体は、所詮(しょせん)悪夢の宿す影にすぎませぬ。
ハムレット　いや、夢そのものが影であろう。

ローゼンクランツ　おっしゃるとおり、大望などと申すものは、空気のように頼りのないもの、影の、そのまた影にすぎませぬ。

ハムレット　そうなると、乞食こそが、ほんもので、世の王侯貴族、わがもの顔の英雄たちは、さしあたり乞食の投ずる影というわけだな……さて、御前へでも行こうか。理窟っぽい話は、正直、もうたくさんだ。

ローゼンクランツ
ギルデンスターン　は、お伴を、いつでも、どこへでも。

ハムレット　もうよしてくれ、そういう召使なみの挨拶は。ほかの連中とはちがうはず、こちらではそのつもりでいる。本当のことを言えば、いつでも、どこへでも、ついてくる連中には、もううんざりしているのだ……ところで、なんの用で、このエルシノアへ？　友だちがいに教えてくれてもよかろう。

ローゼンクランツ　お目にかかりたくて、べつに他意は。

ハムレット　現在のわが身は乞食同様、お礼も満足にできぬ境涯だが、とにかくありがとう――いや、そう言われたら、くすぐったかろう。二人とも呼びつけられたのではないか？　自分の好きで帰って来たのか？　目的なしの気ままな訪問か？　さ、さ、遠慮は要らぬ。さあ、黙っていないで、なんとか答えたらいいではないか。

ギルデンスターン　どう申しあげたらいいか？

ハムレット　どうもこうもない、きかれたとおり答えればいいのだ……うむ、呼ばれたのだな。目いろでわかる。それを隠しおおせるほど狡猾でもないというわけか――知っているぞ、王と妃から使いが来たのだ。

ローゼンクランツ　どういうわけで？

ハムレット　それをきいているのだ。幼な友だちではないか。ともに青春の血を湧かせ、永遠に変らぬ友情を誓った間柄ではないか。いや、まだあろう。口のうまいものなら、おたがいに断ち切れぬ力づよい生綱の数々を並べたてて、もっとうまく口説いても見せよう。頼む、ありのままを率直に言ってくれ、使いを受けたのかどうか。

ローゼンクランツ　おい、どうする？　（ギルデンスターンに）

ハムレット　だめだ。ちゃんと見ているぞ！　（大声で）友だちではないか、そんな水くさいことを。

ギルデンスターン　ハムレット様、じつはお使いを。

ハムレット　言ってやろう、そのわけを。こちらで先手を打ってそれを言ってしまえば、王や妃を裏切って泥を吐いたと、汚名を着ずにすむからな。理由はどこにあるのか、自分にもわからぬ。ただ最近の自分は、快々として楽しまず、日々の諸芸も怠りがち、それがますます嵩じて、いまでは、この頼もしい大地も、たえず波頭に弄ばれる荒れはてた岬の岩肌同然。あの大空、世にも美しい天蓋も、それ、その頭上のすばらしい蒼穹、火と燃ゆる黄金の星をはめこんだ壮大無辺の天井、それが毒気のこもる濁った密室としか思われぬのだ――そして、この人間、まさに自然の傑作、智にはすぐれ、五体、五感の働きは精妙をきわめ、つりあいの美しさ、動きの敏活、天使のごとき直観、あっぱれ神さながら、天地をひきしめる美の中心、ありとあらゆる生物の師表、人間。それがいったいなんだというのだ。この身にはただの塵芥にすぎぬ。人間を見ても楽しくはない。女を見ても心おどらぬ。笑っているな、女ならそうでもあるまいとでも言いたそうに。

ローゼンクランツ　めっそうな、そんなことはゆめにも。

ハムレット　では、なぜ笑った、「人間を見ても楽しくはない」と言ったとき？

ローゼンクランツ　いや、じつは、人間をごらんになるのがおいやのようでは、役者ども、さぞかし、すげないおあしらいを受けようかとぞんじましたので。こちらへ参上する途中、旅役者の一行を追いこしましたが、そろそろ到着のころ、きっと御用を承りたいのでございましょう。

ハムレット　ようこそ、王様役、謹しんで讃辞を呈しよう。武者修行の騎士どのには、思うぞんぶん立ちまわりを。色男役も涙の流しがいがあるように。時流をあてつけの諷刺役も、野次の邪魔はさせぬぞ。道化役には、笑い上戸の見物を。女形も言いたいことを自由に言ったらいい。さもないとせりふの流れが死んでしまうからな。で、その役者たちというのは、どういう連中だ？

ローゼンクランツ　ひいきにしておられました、都の悲劇役者たちでございます。

ハムレット　それがどうして旅まわりに？　都にいたほうが、評判、みいり、いずれからいっても得ではないか？

ローゼンクランツ　おそらく例の事件で、興行禁止になったのでございましょう。

ハムレット　いつだったか、都で観たころの人気を、そのままもちつづけているのか？　相変らず騒がれているのかな？

ローゼンクランツ　いえ、とても、そうは。

ハムレット　どうしてだ？　もう古くさくなってしまったとでも？

ローゼンクランツ　そんなことはございません。いつもけんめいに励んでおります。ただ、最近、若衆芝居の一座が現われまして、ま、鷹の雛みたいなものでございますが、この連中が、きいきい声でわめきちらし、すっかり大向うの人気をさらってしまいました。それが当節大流行、いままでの芝居を並みの芝居などと申して、かたはしからやっつけます。そんなぐあいで、細身を佩いた伊達男たちなど、筆の力に恐れをなし、ただもう、悪口言われるのがいやさに、芝居小屋には近よりたがらぬありさま。

ハムレット　なに、若衆ばかりで？　一座のやりくりは誰がやっているのだ？　報酬はもらっているのか？　そのきいきい声で歌えなくなったら、役者を廃業するつもりかな？　その連中にしても、いずれは年をとって、普通の役者になるのだろうが、もっともほかに衣食の道が見つかればべつの話、さもなければ、そんな調子で自分の将来を呪うようなやりかたでは、きっとあとで作者を怨むようなことにもなろう？

ローゼンクランツ　まったく、両者の争いはだいぶひどくなりまして、それに、世間が遠慮会釈もなくけしかけるものですから、ひところは、その作者と役者とのつかみあいの場を入れないと、どんな芝居も売りものにならなかったほどでございます。

ハムレット　本当か、それは？

ギルデンスターン　いや、その言い合いのすさまじさ、大変なものでございました。

ハムレット　で、結局、若衆の勝ちか？

ローゼンクランツ　は、そのとおりで。目ぼしい小屋はかたはしから、連中の脚下にふみにじられるという始末。

ハムレット　べつに驚くにもあたるまい。現に叔父はデンマーク王、父が生きていたころは、叔父を軽蔑していた輩が、今では、その小っぽけな肖像画にいくらでも金をだそうと大騒ぎをしている。なんということだ、この不条理、人間の智慧では説明がつくまい。

奥にてトランペットの吹奏。

ギルデンスターン　ああ、きっと役者たちでございます。

ハムレット　お二人とも、ようこそこのエルシノアへ。（敬礼する）おお、お手をくださる？　では、いただくことにしようか。歓迎に儀礼はつきもの、こうして、さ、たしかにお受けした。（二人の手を握る）――役者たちのほうを大事にして、などと言われたくないからな。お断わりしておくが、かれらにはずいぶん愛想よくしてやらなければならないのだ……いや、よく来てくれた。それにしても、わが叔父なる父も、母なる叔母も、大変な勘ちがい。

ギルデンスターン　なぜでございます？

ハムレット　ハムレットの狂気は北々西の風のときにかぎるのだ。南になれば、けっこう物のけじめはつく、鷹と鷲との違いくらいはな。

ポローニアス登場。

ポローニアス　おお、これは、これは、お二方！

ハムレット　おい、おい、二人とも、ちょっと耳を——それ、あの大きな赤ん坊はな、まだむつきをつけている。

ローゼンクランツ　おそらく二度目のむつきでございましょう。年をとると赤ん坊にかえると申しますからな。

ハムレット　当ててみようか、きっと役者たちのことを知らせにきたのだ。間違いなし。（急に声高く）そう、そのとおり、月曜の朝だった。なるほど、そうだったよ。

ポローニアス　ハムレット様、御注進、御注進。

ハムレット　御注進、御注進——その昔、ロシアス、ローマにて役者たりしとき——

ポローニアス　役者どもがまいっております。

ハムレット　ああ、ああ！

ポローニアス　いや、まことの話で——

ハムレット　「役者ども、まこと裸足(はだし)でやってきた」か——

ポローニアス　ま、あの連中にまさる名優はございますまい。悲劇だろうが、喜劇だろうが、おちゃのこさいさい、歴史劇、田園劇、田園劇的喜劇、歴史劇的田園劇、悲劇的歴史劇、悲喜劇的歴史劇的田園劇、その他なんでもござれ、堅くるしい古典もの、気らくな新作もの、いずれも結構。セネカを演じて深刻に陥らず、プロータスを演じて軽薄に流れず、型にはまった台本でも、自由闊達な即興劇でも、往くとして可ならざるなき名優、まことにもって、彼らこそは天下に並びなき第一人者と心得ます。

ハムレット　おお、イスラエルの名判官、娘を牲えに捧げたエフタ殿、なんと、みごとな宝をお持ちだのう！

ポローニアス　宝物、どのような？

ハムレット　それ――

「ただひとり　花の娘を
　ただひとり　愛で育みぬ
　蚤にも蚊にも　食わせじと」

ポローニアス　まだ娘のことを。

ハムレット　この身の言うとおりであろうが、エフタ爺？

ポローニアス　それがしがエフタ？　さよう、ならば、たしかに一人の娘を。はい、

〔Ⅱ－2〕7

蚤にも食わせまいと大事にいたしております。

ハムレット　いや、それでは続きにならぬ。

ポローニアス　では、どうしたら続きますかな？

ハムレット　それ、こうだ——

「神ぞ知る　人の身のうえ」

——そのあとは、いいか——

「娘御の　聞きならいてぞ
よくある話　起りけり……」

この聖歌の意味、もっとよく知りたければ、最初のところを見てくれ。いつまでもつきあってはおられぬ。それあそこへ、もっとおもしろいものが来たぞ。（役者たち四、五人が駆け寄ってくる）よく来た、よく来てくれた——なつかしいぞ——本当によく寄ってくれたな——なんだ、お前か！　ほう、顔にいかめしい縁飾りができたではないか。このまえ会ったときには無かったぞ。さては、そのひげで、こちらを縮みあがらせてやろうという魂胆か、それでわざわざデンマークまでやってきたのだな？——これは、これは、うらわかき御女中様！　そこもとも、このまえお見うけしたころよりは、どうやら靴（くつ）の踵（かかと）ほど、おつむが天に近（ちこ）うおなりの御様子。このうえはせめて声にひびが入らぬよう、せいぜいお祈りでもすることだ。せっかくの金貨も、傷がついてしまっては使いものにならないからな……みんな、本当によく来てくれたぞ。フランスの鷹匠ではないが、見るが早いか飛びかかるというやつだ。なにかさわりを一くさり聴かせてもらおうではないか。（第一の役者に）さ、得意のところを、なんでもいい、激しい場面をひとつ。

第一の役者 さあ、何にいたしたらよろしゅうございましょうか？

ハムレット いつか聴かせてくれたやつがいい。たしか一度も板にはのらなかったはずだ。それとも一度くらいのったかな。どうも大向うには受けなかったらしい。一般の見物にはキャヴィアよろしく、高級すぎて口にあわないのだ。だが、あれはいいものだった――自分などよりよほど見巧者の連中も、そう言っていたが――各場それぞれよくこなれていて、気が利いているし、それでいて度をすごさず……誰かもいっていたようだが、味をよくしようとして薬味をきかせすぎるようなところもないし、作者の厭味な体臭にうんざりするような文句もなく、まあ、すっきりした作風で、健やかであり、快くもある、たくんだ美しさよりは自然の美に溢れている。そのうちの一節でいちばん気に入ったのは、イーニアスがダイドーに物語るところだ。ことにプライアム王の最期を述べるくだり、あそこがいい。もしおぼえているなら、そうだ。待ってくれよ。ええと――

「荒武者ピラス　あたかも怒れる猛虎のごとく」

――いや、違う。ピラスからはじまるのだが――

「荒武者ピラス、心も黒く、鎧も黒く、あやめもわかぬ闇夜さながら、呪われの木馬の腹より現われ出でたり。見よ、その不気味なる黒装束に染めいだしたる紋所、陰にこもりて凄じく、夜目にもしるし。されど、いまは頭の頂より爪さきまで、くまなく塗りたる紅の色、これぞ、げにピラスが紋所。巷を蔽う紅蓮の焔に身を焼かれし父、母、子らの血潮を浴びて突き立ちたり。燃えあがる火の手に、あかあかと照らしだされしトロイの巷、城主の末路を隠すべなく、ピラスの前に横たわりぬ。ピラス、いまぞ、憎しみの焔につつまれ、こごれる血のりに蔽われて、爛々たる眼は紅玉のごとく、地獄の悪魔さながら、老王プライアムのゆくえを探し求めけり」

……

さ、さきをつづけてくれ。

ポローニアス　これは、おみごと。めりはり、勘どころ、申しぶんなしでございます。

第一の役者　「やがてピラス、トロイの老王プライアムを見いだしぬ。折しも老王、ギリシアの軍勢に馬のりいれ、群がる敵兵おいちらさんと、手なれし太刀に力をこめしも、老いの腕の悲しさ、あわれ、空を泳いで太刀とりおとす。かのピラス、この機のがさじと傲れる心に、駆けよりざま、老王の頭上めがけて鋭き一撃あびせたり。逸りし剣の手もとは狂い、老王、危うくまぬかれたれど、唸りを生ずる激しき太刀風に、おもわずよろめき倒れたり。さすが心なきトロイの城も、この一撃にや感じけん。火に包まれし櫓の頂、折しもどっと崩れ落つ。すさまじき轟音、しばしはピラスの耳を聾するばかり。見よ、老王プライアムの白き頭上にふりかざししかの剣、そのまま宙に凝りつき、ピラスはあたかも絵に描きし猛将さながら、おのが体も意のままならず、その場に呆然と立ちすくむ。

嵐のまさに来たらんとするや、天に一時の沈黙あり。飛び交う雲も静止し、狂える風も鳴りをひそめ、地上の万象、死のごとく黙す。とおもいきや、突如、雷、虚空をつんざき、あたりの静寂を破る。黙しピラス、はっとばかりに気をとりなおし、押しよせる憎しみに身をまかせば、あわれ、無慙の血刀は、老王プライアムの頭上に落ちかかりたり。軍神マルスが不朽の鎧を鍛うる巨人サイクロップスの鉄鎚もかほどむごくはあらざるべし。

去れ、心なき運命神！　おお、神々よ、この女神の力を奪いたまえ。運命の女神のたぐる糸車、粉々に打ちくだき、天上にそびえる峰の頂より奈落の底に投げすてたまえ」

ポローニアス　ちと長すぎますな。

ハムレット　刈りこんでもらったらいい、そのひげといっしょにな。かまわぬ、続けてくれ――どうせ、この年よりは、道化の小唄か猥褻がかった小話でもなければ、眠ってしまう男だ――続けてくれ、さ、今度はヘキュバのくだりを。

第一の役者　「されど、ここに憐れをとどめしは、かの老王の妃ヘキュバにて、たれか見し、その身をくるめる妃の姿を――」

ハムレット　「身をくるめる妃」だと？

ポローニアス　こりゃよかった。「身をくるめる妃」はいい。

第一の役者　「視界もかすむ万斛の涙もて、燃えさかる焔を打ち消たんばかり、素足のまま右に左に逃げまどう。きのうまで冠をささえし頭には、一枚の古つづれ垂れさがり、多くの子宝もうけしその細腰には、危急をのがれんとしてとっさに摑みし毛布を巻きつけたり――この哀れなる妃の姿を見し者、誰か激しき舌もて運命神を呪わざらん。いな、神々とても、みずからこの光景をみそなわしたらんには、おお、見よ、ついにピラスの兇刃は、老王プライアムの肉をえぐり、四肢を八つ裂きにす、たちまちに妃の狂おしき叫び声、あたりにこだませり、神々とても、人の世のあわれに心うごかぬはずもなければ、天上に火と燃ゆる星の眼（め）を涙もて濡（ぬ）らし、妃の悲しみをわかちたまわん」

ポローニアス　あれ、あのさまを、顔色を変えて、涙までためて――お願いだ、もうやめてくれ。

ハムレット　もういい、残りはいずれあとでやってもらおう。では、ポローニアスどの、お手数ながら役者たちの世話、万事お頼み申す。いいか、くれぐれも大事にしてやってくれよ。役者は時代の縮図、手っとり早い年代記だ。死んでからどんな墓碑銘を書かれようと構うまい。生きているうちは、この連中に悪口言われないほうが得だぞ。

ポローニアス　心得ております。せいぜい応分の扱いを。

ハムレット　何を言う。できるだけのことをしてやれ！　応分の扱いということになれば、鞭（むち）をまぬかれるものは誰もいまい。おのれの身分に応じて人を遇すべし――連中にその値うちがなければ、それだけお前の親切が貴いものになるのだ。さ、みんなを案内してやれ。

ポローニアス　では、こちらへ。（戸口のほうへ行く）

ハムレット　さあ、みんな、あの男のあとに。芝居はあす見せてもらうぞ。（第一の役者をひきとめ）ちょっとまってくれ。あれは演ってもらえるかな、「ゴンザーゴ殺し」は？

第一の役者　はい、はい。

ハムレット　あすの晩、それを観せてもらうことにしよう。よけいなせりふを十数行追加したいのだが、おぼえてくれるだろうな？　なに、書くのはこちらの仕事だ。むりかな？

第一の役者　いえ、なんの造作もございませぬこと。（ポローニアスと他の役者たち退場）

ハムレット　よし。さ、あのお方のあとに。爺さんをからかってはいけないよ。（第一の役者も退場。今度はローゼンクランツとギルデンスターンに向って）やあ、失礼。夜にでもまた会おう。ま、ようこそこのエルシノアへ。

ローゼンクランツ　では、これで。（二人退場）

ハムレット　ふむ、では、これで！　やっとひとりになれた。ああ、このおれは、なんとやくざな根性か。度しがたい臆病ものめ！　あの役者を見ろ。ただの絵そらごとではないか。それを、いつわりの感動にわれとわが心を欺き、目には涙をため、顔色蒼然としてとりみだし、声も苦しげに、一挙手一投足、その人物になりきっている。

なにを考えているわけでもないのだ！　ただヘキュバのために！　が、あの男にとってヘキュバがなんだ。あいつはヘキュバのなんなのだ。泣くほどのことはありはしまいに。もしあいつがおれの役を演じ、同じ悩み、同じせりふをあてがわれでもしたら、どんなことでもやってのけよう。舞台を涙で浸し、恐ろしいせりふで見物の耳を突き裂きかねまい。罪あるものは気も狂おう。身におぼえなきものも、恐怖感に打ちのめされ、無智なやからは、ただとまどうばかり。みんな、目も耳もいうことをきかず呆然として舞台を眺めていることだろう。それにひきかえ、このおれのふがいなさ、まったく手のつけられないぐうたらではないか。いつも夢見心地の怠け者よろしく、大事を忘れて、言うべきことも言えず、いたずらに日を送っている。悪党のために王位も命も奪われた国王、自分の父親のためだというのに。ええい、おれは卑怯者か、誰だ、おれをやくざ呼ばわりするやつは、おれの頭をぶちわり、ひげを引きぬいて、この顔にたたきつけるやつは？　この鼻をねじあげ、うそつきめと罵るやつは誰だ？――そんな無礼なやつは、ええい！　畜生、なんと言われようと文句は言えぬ。鳩のように気の弱い腑ぬけでもなければ、いつまでこんな辛い我慢をするものか。今ごろは、あの下司野郎の腐肉を餌に、大空の鳶を肥やしてやっていたろうに。血にまみれた女たらし！　恥知らず、恩知らずの悪党！　人非人！　好色漢！　おお、復讐！

［Ⅱ－2］7

所詮、駑馬でしかないのか、おれは。ふむ、まったく見あげた根性だ、きさまは。最愛の父親を殺され、天地も見かねて怨みをはらせとせきたてているのに、ただもう淫売よろしく、口さきばかり、廉っぽい想いを吐きちらし、罵りわめくだけではないか。女々しいぞ！　なんとか言え！　おい！　どうした、しっかりしろ。そうだ、思いだしたぞ。なんでも脛に傷もつやつが、芝居を見ているうち、巧みな筋だてに責めたてられ、すっかり恐れをなし、その場で逐一旧悪を白状したという、よくある話だ。人殺しの罪には、みずから語る舌はないが、因果の不思議、何かが代りに話してくれる。そうだ、さっきの役者たちだ。父上の非業の死をあてつけに、なにかあの叔父の前で演じてもらうつもりだが、そのときのあいつの顔が見ものだ。傷口に手を突きこんでやるぞ。少しでもびくりとしようものなら、もうためらうことはない……いつかの亡霊は悪魔のしわざかもしれぬ。悪魔は自由自在に、かならず人の好む姿を借りて現われるという。あるいはこちらの気のめいっているのにつけこんで、おれを滅ぼそうという腹かもしれない。こういうときは、とかく亡霊などに乗ぜられ易いものだ。もっと確かな証拠がほしい――それには芝居こそもってこいだ。きっとあいつの本性を抉りだして見せるぞ。（奥に駆けこむ）

――一日経過

7［II－2］

〔第三幕 第一場〕

8

会議の間につづく大廊下　壁掛が垂れさがっている。中央にテーブル。一方の端に跪拝台。

王と妃がはいってくる。つづいてポローニアス、ローゼンクランツ、ギルデンスターン。すこし遅れてオフィーリア。

王　結局、どうもちかけてみてもだめだったのだな？　安らかなるべき日々の暮しを、われとわが手でぶちこわす、あの乱暴きわまる気ちがいざた。一体、どういう気なのか？

ローゼンクランツ　自分でもおかしいと思っている、そこまではたしかに聞きだせたのでございますが、その理由は、いろいろおたずねしても、とうとうなにもおっしゃらず。

ギルデンスターン　それに、探りを入れられるのがひどくおいやらしく、こちらでなんとかして真相を引き出そうといたしますと、肝腎のところで気ちがいに身をおかわしになり、たくみに逃げておしまいになるので。

妃　会ったときの様子は、やはり喜んで？

ローゼンクランツ　は、それはもう御如才なく。

ギルデンスターン　ただいかにも無理に努めてといった御様子で。

ローゼンクランツ　話したくはないが、強いてこちらからおたずねすれば、答えだけはちゃんとするという御態度。

妃　気散じに何かすすめてみましたか？

ローゼンクランツ　はい、たまたま途中で役者たちの一座に出遭いましたので、そのことを申しあげますと、どうやらお喜びの御様子。それがもうこちらに着いておりまして、ハムレット様は、たしか今夜、その芝居をごらんになるはずでは？

ポローニアス　そのとおりでございます。で、王様、お妃様にも、それをぜひ御覧いただくようにお伝えせよとのお言葉で。

王　おお、喜んで観(み)せてもらおう。いずれにせよ、その気になってくれたとはうれしい。このうえとも、なるべくそういうものに心を向け、慰みごとに日頃の想いを忘れるようしむけてもらいたいものだ。

ローゼンクランツ　はっ、出来るだけのことは。（ローゼンクランツとギルデンスター

ン退場）

王　ガートルード、すまぬが、席をはずしてくれぬか。じつは、今ひそかにハムレットを呼びにやったのだ。偶然ここでオフィーリアと出遭うという仕組なのだが。なに、あれの父親と一緒に物蔭（ものかげ）に隠れていて、二人の様子をうかがい、あの気ちがいざたが、はたして恋のためか、それとも他（ほか）に何かあるのか、はっきり確かめておきたいのだ。

妃　仰（おお）せのとおりにいたしましょう——では、頼みましたよ、オフィーリア、ハムレットの狂乱が、そのお前の美しさゆえにと念じている。それなら、お前のやさしい心ばえで、あれがまた正気にもどることもあろうから。万事めでとう納まるよう祈ります。

オフィーリア　はい、何もかも仰せのとおりにと。（妃退場）

ポローニアス　これ、オフィーリア、ここらを歩いておれ。いかがでございます。よろしかったら、そろそろお隠れになりましては？……さ、この本を読んでいるがいい。（跪拝台から本をとって、オフィーリアに渡す）そうしてお勤めをしておれば、一人でいても、怪（け）しゅうはあるまい。これは、苦い悪魔の本性に、殊勝な砂糖の衣をまぶしてごまかすずるい手口。いけるのいけないのと言ってみたところで、はじまらぬ。どこにもよくある話だからな。

〔Ⅲ－1〕8

王　おお、あいつの言うとおりだ。その一言、おれの良心をぐさりと抉(えぐ)るわ。脂粉を塗ってきれいに見せかけた娼婦(しょうふ)の頰(ほお)の醜さ。が、それどころか、美々しく飾りたてたことばのうしろで、おれのしていることといったら。おお、この罪の重荷！

ポローニアス　それ、足音が。さ、さ、あの蔭に。(二人、壁掛のうしろに隠れる。オフィーリアは跪拝台に跪(ひざまず)く)

ハムレット、沈痛な面もちにて登場。

ハムレット　生か、死か、それが疑問だ、どちらが男らしい生きかたか、じっと身を伏せ、不法な運命の矢弾を堪え忍ぶのと、それとも剣をとって、押しよせる苦難に立ち向い、とどめを刺すまであとには引かぬのと、一体どちらが。いっそ死んでしまったほうが。死は眠りにすぎぬ——それだけのことではないか。眠りに落ちれば、その瞬間、一切が消えてなくなる、胸を痛める憂(うれ)いも、肉体につきまとう数々の苦しみも。願ってもないさいわいというもの。死んで、眠って、ただそれだけなら！　眠って、いや、眠れば、夢も見よう。それがいやだ。この生の形骸(けいがい)から脱して、永遠の眠りについて、ああ、それからどんな夢に悩まされるか、誰(だれ)もそれを思うと——いつまでも執着が残る、こんなみじめな人生にも。さもなければ、誰が世のとげとげしい非難の鞭に堪え、権力者の横暴や驕れるものの蔑みを、黙って忍んでいるものか。不実な恋の悩み、誠意のない裁判のまどろこしさ、小役人の横柄な人あしらい、総じて相手の寛容をいいことに、のさばりかえる小人輩の傲慢無礼、おお、誰が、好き好んで奴らの言いなりになっているものか。その気になれば、短剣の一突きで、いつでもこの世におさらば出来るではないか。それでも、この辛い人生の坂道を、不平たらたら、汗水たらしてのぼって行くのも、なんのことはない、ただ死後に一抹の不安が残ればこそ。旅だちしものの、一人としてもどってきたためしのない未知の世界、心の鈍るのも当然、見たこともない他国で知らぬ苦労をするよりは、慣れたこの世の煩いに、こづかれていたほうがまだましという気にもなろう。こうして反省というやつが、いつも人を臆病にしてしまう。決意の生き生きした血の色が、憂鬱の青白い顔料で硬く塗りつぶされてしまうのだ。乾坤一擲の大事業も、その流れに乗りそこない、行動のきっかけを失うのが落ちか――しっ、気をつけろよ。美しきオフィーリア……おお、森の女神どの、その祈りのなかに、この身の罪のゆるしも。

オフィーリア　（立ちあがって）ハムレット様、このごろ、お体は？

ハムレット　いや、御親切なおたずね、恐れいった。元気、元気、大元気。

〔Ⅲ－1〕8

オフィーリア　あの、いただいたものを、ここに。まえからおかえし申しあげようと思って。どうぞ、お受けとりあそばして。

ハムレット　いや、それはできぬ。何もやったおぼえはない。

オフィーリア　なぜそのような。よくごぞんじのはず。やさしいお言葉があればこそ、大切に思っておりましたのに。その香が失せましたからには、もうほしゅうはありませぬ。くださったお方のお気もちが変れば、どんな贈り物も蠟細工同然、心の正しい女なら。本当に、ハムレット様。（胸のうちから宝石を取りだし、ハムレットの前のテーブルのうえに置く）

ハムレット（敵方の一計をおもいだし）は、はあ！　では、オフィーリア、お前は、嘘のつけぬ女か？

オフィーリア　え？

ハムレット　それとも器量自慢か？

オフィーリア　なぜ、そのような？

ハムレット　いや、誠実でしかも器量よしとあれば、その二つはたがいにつきあいさせぬがいいと思ってな。

オフィーリア　わかりませぬ。美しい女には誠実こそ何より似つかわしくは？

ハムレット　いや、とんでもない。なまじの美しさが、貞淑な女を手もなく不義に陥(おとしい)れる。美人を操(みさお)の鋳型(いがた)に入れて矯(た)めなおすとなると、容易なわざではないぞ。昔だったら逆説ずきのたわごととしか聞えまいが、どうやら、昨今、時勢が歴(れっき)とした見本を提供してくれたらしい。そうだ、お前をいとおしいと思ったこともある。

オフィーリア　ハムレット様、そのころは、本当に。

ハムレット　そう信じこんでいたら、とんでもないまちがいだぞ。もともと、やくざな古木に美徳を接木(つぎき)してもはじまらぬ。結局、親木の下品な花しか咲きはしない――いとおしいなどとは大嘘だ。

オフィーリア　そのようなこととは。

ハムレット　(跪拝台を指さし)尼寺へ行け。なぜ、男に連れそうて罪ぶかい人間どもを生みたがるのだ？　このハムレットという男は、これで自分ではけっこう誠実な人間のつもりでいるが、それでも母が生んでくれねばよかったと思うほど、いろんな欠点を数えたてることができる。うぬぼれが強い、執念ぶかい、野心満々だ、そのほかどんな罪をも犯しかねぬ。自分でもはっきり意識しない罪、想像のうちにもまだ明瞭(めいりょう)な形をとっていない罪、いや、折さえあればすぐにでも犯しかねない罪、そういうもので一杯だ。このような男が天地のあいだを這(は)いずりまわって、いったい何をしよう

〔Ⅲ－1〕8

というのか？　そこら中のやつらは、一人のこらず大悪党、誰も信じてはならぬ――何も考えずに尼寺へ行くのだ……（いきなり）親父はどこにいる？

オフィーリア　はい、家に。

ハムレット　では、戸はぴったり閉めておけ。よそで、とんだ道化を演じないようにな。もう行くぞ。（引きこむ）

オフィーリア　（十字架の前に跪き）あのお方をお救いくださいますように！

ハムレット　（狂乱の態でもどってきて）おい、もし結婚するなら、持参金がわり、この呪いの言葉をくれてやろう――いくらお前が氷のように貞潔で雪のように清純であろうと、人の口に戸はたてられぬぞ。尼寺へ行け、尼寺へ。では、行くぞ……（なお往きつ戻りつしながら）うむ、どうしても結婚したいというなら、阿呆を婿にするがいい。すこし利口なやつなら、世の亭主なるものにはなりたがるまい。それは額に角をはやした化物にさせられることだからな。さ、行け、尼寺へ。今すぐにでも。では、もう帰ってこぬぞ。（さっと奥へ駆けこむ）

オフィーリア　どうぞ、あのお方を、もとのお姿に！

ハムレット　（もう一度もどってくる）ちゃんと知っているぞ。きさまたちは、神から授かった顔があるのに、それを紅白粉で塗りたくり、まったく別物の仮面をつくりあげる。踊り狂う。尻をふる。甘ったれた口をきく。神の造ったものに妙な綽名をつける。あげくのはては、とんでもないふしだらをしでかしておいて「いけなかったの？」などとぬけぬけと。ええい、もう我慢ができぬ。おかげで気が狂った。結婚などというものは、もうこの世から消えてなくなれ——すでにしてしまったものはしかたがない。ま、生かしておいてやろう、一組を除いてはな。が、ほかのものは、いまのまま生涯ひとりでいるのだぞ。さ、行ってしまえ、尼寺へ。（退場）

オフィーリア　ああ、あれほど気高い御気象だったのに、それがこうもたわいなく！王子様にふさわしい秀でた眉、学者もおよばぬ深い御教養、武人も恐れをなす鮮やかな剣のさばき。この国の運命をにない、一国の精華とあがめられ、流行の鑑、礼儀の手本、あらゆる人の讃美の的だったハムレット様が、あんなにもみじめなお姿に。そして、私は、このオフィーリアは、女のなかでもいちばん辛い、憐れな境涯、なまじあの快いお言葉の蜜の香りに酔うただけに。気高く澄んだ理性の働きは、耳をくすぐる鐘の音、それも狂うて、いま、この耳に、ひびわれた音を聞かねばならぬ！　水ぎわだった花のお姿が、狂乱の毒気にふれて、見る見る萎れてゆくのを、ただじっと眺めているだけ！　ああ、こんな悲しいことが！　昔を見た眼で、今このありさまを見ねばならぬとは！　（祈る）

王とポローニアス、そっと壁掛のうしろから現われる。

王 恋！ いや、そうとは思えぬ。いささか脈絡を欠いてはいるが、言葉の節々、どうして狂人などであるものか――腹になにかある。あいつはそれを鬱々としてはぐくんでいる。孵ったら、取返しのつかぬことにもなろう。なんとか先手を打たねばならぬ、早速だが、こうしよう。すぐさま、あれをイギリスへ遣ってくれ。ずっと滞っている貢物をとりたてるという名目がある。海を渡って異国の風物に接すれば、胸中のわだかまりも消えてなくなろう。つまりは始終おもいつめているからこそ、ああも自分を失ってしまうことにもなるのだ。どう思う、この案は？ （オフィーリアが近よってくる）

ポローニアス 妙案でございましょう。ただあの御気鬱は、やはり片想いがもとと信じて疑いませぬが……おお、これ、どうした、オフィーリア？ うむ、何も言う必要はない。残らず聴いておった……いや、お言葉どおりに。つきましては、もし御異議なくばの話にございますが、芝居をごらんになったあと、ハムレット様を、お妃様のお部屋にお呼ばせになり、母君にとくとお悩みを打ちあけられるよう、お二人さしむかいの機会をおつくりになっては？　さらにお許し願えれば、お物語の一部始終、すっかり耳に入れられるよう、どこぞ適当な場所に、それがしを。それでもお心がはっきり摑めぬとならば、イギリス派遣の儀はその節に。また事の次第によりましては、ここぞとおぼしめすところに御監禁なさるも一法かとぞんじます。

王　うむ、そうしよう。身分あるものの狂気は、そのまま抛ってはおかれぬ。（一同退場）

9　〔第三幕　第二場〕

城内大広間　両側は見物席のように椅子が並べてある。正面、奥は高く、幕のうしろが内舞台になっている。ハムレットと役者三人がカーテンのうしろから現われる。

ハムレット　（第一の役者に）わかったな。今のせりふは教えたとおり、ごく自然の調子で、さりげなく言うこと。お前たちの仲間がよくやるように、大口あけてわめきちらされるくらいなら、むしろ町のひろめ屋に頼むからな。もう一つ、こんなふうに、まるで泳ぐように手で空をかきまわさぬこと。つねに穏やかにやってもらいたい。感

〔Ⅲ－2〕9

情が激してきて、いわば嵐の真只中に立ったときこそ、かえって抑制を旨とし、演技に自然なすなおさを与えることが肝要だ。じっさい勘にさわるからな、あのかつらをかぶった荒事師どもが、いい気になって激情に身をゆだね、見物の耳を突き裂くばかりにがなりたてるのは。せいぜい黙劇か派手な大芝居しかわからぬ大向うに媚びてみてもはじまるまい。ああいうのを見ると、鞭でひっぱたいてやりたくなる。あれには、回教徒の荒神様ターマガントも顔まけ、ユダヤの暴君ヘロデ王も兜を脱ぐだろう。

第一の役者　かならずお言葉どおりに。

ハムレット　といって、あまりさらりと喋られても困る。その辺の呼吸はめいめい分別にしたがうよりほかはない。要するに、せりふにうごきを合わせ、うごきに即してせりふを言う、ただそれだけのことだが、そのさい心すべきは、自然の節度を越えぬということ。何事につけ、誇張は劇の本質に反するからな。もともと、いや、今日でも変りはないが、劇というものは、いわば、自然に向って鏡をかかげ、善は善なるままに、悪は悪なるままに、その真の姿を抉りだし、時代の様相を浮びあがらせる……ところで、このやりすぎというやつ、もちろん力のたりぬばあいも同じだが、眼のない連中はそれでけっこう喜ぼうが、玄人にはやりきれない。だが、そういう人たちの批判こそ、大向うの受けより怖いのだ。いや、ひどい役者がいる。それを観させられたことがある――もっとも見物には大いに受けていた――しいて憎まれ口をたたきたくはないが、クリスト教徒ならあのようには喋らない。動きにしてもそうだ。クリスト教徒どころか、異教徒にもあれほどのはいない。いや、人間ではないな、あれは。いやにふんぞりかえって、あたりかまわずわめきちらす、これでは、まるで造化の神が手をぬいて、下働きの職人に作らせた不出来な人間の標本ではないかと思ったくらい、その人間のまねようときては、どう見ても人間様らしいところが一つもない。

第一の役者　手前ども一座、その点はすこしは改めましたつもりでございますが。

ハムレット　いや、すっかり改めてもらいたいな。道化役も決められたせりふ以外に喋ってはいけない。なかには、足りない見物たちを笑わせようとして、自分のほうからさきに、げらげら笑いだすやつがいる。そうなると、芝居の肝腎（かんじん）な筋などそっちのけ。言語道断というものだ。そういうやつの情けない根性が思いやられる……さあ、仕度をしてくれ。

　役者たちは幕のうしろへかくれる。ポローニアス、つづいてローゼンクランツ、ギルデンスターンが登場。

ハムレット　これは、これは！　王様には、今夜の芝居、御見物あそばされるかな？

ポローニアス　はい、お妃(きさき)様にも。すぐにお出ましになります。

ハムレット　役者たちを急がせてくれ。（ポローニアス、敬礼して退場）二人も手つだってやってくれ。

ローゼンクランツ　は、かしこまりました。（二人とも退場）

ハムレット　やあ！　ホレイショー！

　ホレイショー登場。

ホレイショー　お呼びのようで。

ハムレット　ホレイショー、今までずいぶん色々な人間につきあってきたが、かほど円満な人物には、ついぞ出会わなかったぞ。

ホレイショー　御冗談を——

ハムレット　いや、世辞と思っては困る。その美しい心以外、衣食を賄(まかな)う収入すらない男から、一体どんな御利益(ごりやく)が得られるというのだ？　貧乏人に世辞を言うやつはいまい？　そうだ、ふんぞりかえっている馬鹿(ばか)ものどもをなめる役割は砂糖で甘やかされた舌に委せておけばいい。お追従ひとつで、すぐ分けまえにありつけるやつらのまえには、膝の関節のおそろしく自由な手あいをさしむけるがいい……そうだろう、ホレイショー？ はばかりながら、ハムレット、自分で自分の好き嫌いがわかるようになり、人間の善し悪しの見わけがつくようになってからというもの、ホレイショーこそは真の心の友と固くおもいさだめてきたのだ。人生のあらゆる苦労を嘗めながら、すこしもそれを顔にださず、運命の神が邪険に扱おうと、格別ひいきにしようと、いつもおなじ気もちで受け容れる、そういう男だ、ホレイショーというのは。心臓と頭の働きが程よく調和している。決して運命の神の指先で手軽に操られ、その好きな音色をだす笛にはならない。まことに羨ましい男だ。激情の奴隷とならぬ男がほしい。この胸の底にそっとしまっておきたいのだ。いや、今そうしているのだ。よけいなお喋りをしたな――ところで、これから王の御前で芝居がある。じつは、そのなかに、それ、いつか話した父の最期の模様を盛りこんでおいたのだ。で、頼みたいのは、その前後によく気を配ってもらうことだ。そして叔父の心のうごきを過たず見ぬいてもらいたい――もしあのひた隠しに隠している罪悪が、あらかじめ仕組んでおいたせりふで、明るみに飛びだしてこなければ、このあいだの亡霊は悪魔のしわざ。いや、この自分の想像力もあてにはならぬ。火の神ヴァルカンの仕事場よろしく汚れてしまっているのだ。いいか、叔父の顔に注意していてくれ。もちろん、この眼は離すものか。芝居が終ったら、よく相談して、そのうえではっきりした結論をだそう。

ホレイショー　わかりました。もし芝居の最中、相手の眼の動きひとつ見のがしましたら、それこそ罰金でもなんでも。（奥でトランペットの吹奏、太鼓の音）

ハムレット　それ、来た。さ、気ちがいにならねばならぬ。坐（すわ）ってくれ。どこか適当なところに。

　王と妃がはいってくる。つづいて、ポローニアス、オフィーリア、ローゼンクランツ、ギルデンスターン、その他の廷臣たち。それぞれ坐る。王、妃、ポローニアスはおなじ側に、反対にオフィーリア、ホレイショー、その他。

王　ハムレット、どうだな。加減は？

ハムレット　まさに元気一杯、カメレオンよろしく、空気ばかり食っている。空約束で大いに腹がはちきれそうだ――鶏となると、こんな餌（えさ）では飼えませんな、絞めても食えない。

王　それは返事になっておらんぞ、ハムレット。なんのことかわからぬ。

ハムレット　さよう。さっぱりわからん、おれにも。（ポローニアスに）大学のころ、芝居をやったことがあるとか、たしかそんな話だったな？
ポローニアス　はい、たしかに。なかなか筋がいいと賞められました。
ハムレット　何を演った？
ポローニアス　はい、ジュリアス・シーザーを演りまして、ブルータスのやつに殺されました。それも神殿で。
ハムレット　死んでいる人間同様の、こんなのろまを殺すとは、ブルータス君、すこぶる残酷な男と見える。役者の仕度はいいか？
ローゼンクランツ　は、いつでも御命令しだい。
妃　ハムレット、ここへ、母のそばに。
ハムレット　いえ、母上、こちらにもっと引力の強い金属が。（オフィーリアのほうへ行く）
ポローニアス　（王に）お、ほう！　お聞きになりましたか？（ハムレットのほうを見ながら王とささやく）
ハムレット　お姫様、お膝の間に割りこんでも苦しゅうないかな？
オフィーリア　いけませぬ、そのようなことを。

ハムレット　いや、ただ頭をのせるだけさ。それでも？（オフィーリアの足もとに坐る）

オフィーリア　いいえ、どうぞ。

ハムレット　なにか野卑なことでもと？

オフィーリア　べつに、なにも。

ハムレット　女の子の膝の間に寝るというのは、それほど大したことでもあるまいが。

オフィーリア　え、なにが？

ハムレット　べつに、なにも。

オフィーリア　なんですか、大層おはしゃぎになって。

ハムレット　誰(だれ)が。わが輩がか？

オフィーリア　はい。

ハムレット　何を言う。この身は一介の狂言作者。人間、はしゃぎでもするほか手があるものか。それ、見ろ、母上の顔を。とても楽しそうではないか。父上が亡(な)くなられてからまだ二時間もたたないのに。（妃は顔をそむけ、王とポローニアスに何事かささやく）

オフィーリア　いいえ、二月(ふたつき)のもう倍もたっております、ハムレット様。

ハムレット　ほう、もうそうなるか？　では、黒の喪服は悪魔にくれて、貂（てん）の赤い毛皮でも着るとしようか。いや、驚いた。死んで二月もたって、まだ忘れられずにいるようなお方があるというのか？　とすると、立派な人の憶い出（おもで）は死後も半年くらいはもつものとみえる。でも、そのあとは、お寺の一つ二つ建てておかなくてはなるまいな。さもなければ、あの遊び場の張子（はりこ）の馬同様、とてももちはしまい。墓碑銘には流行唄（はやりうた）そのまま、こう書いておいたらいい。「惜しや！　惜しや！　張子の馬も忘られて」とな。

トランペット吹奏。正面の幕が左右に開き、内舞台が現われる。すぐに黙劇がはじまる。

黙劇

王と妃が睦（むつま）じくはいってくる。たがいに相抱く。妃は跪（ひざまず）いて、王に向い、変らぬ愛を誓う。王は妃を抱き起し、その首に頭をもたせかけ、そのあとで花咲く堤に身を横たえる。妃は王の眠ったのを見て、その場を去る。間もなく、別の男が現われ、王の頭より王冠をとり、それに接吻（せっぷん）し、王の耳に毒液を流しこんで去る。妃がもどってくる。王が死んでいるのを発見し、激しく悶(もだ)える。ふたたび毒害者が三、四人の従者を連れて現われ、妃を慰める。そのあいだに、死骸は片づけられる。毒害者は贈り物を手に妃を口説く。妃はしばらくこれを拒む。が、ついに男の愛を受けいれる。幕。

そのあいだ、ハムレットはときどき焦燥にかられるように王と妃のほうに視線を向ける。王と妃は始終ポローニアスとささやきを交(かわ)している。

オフィーリア ハムレット様、あれはどういう意味でございます？

ハムレット いや、それ、あれはいかさま、いわば意味なきいたずら。

オフィーリア どうやらお芝居の荒筋らしゅうございます。

幕のまえに一人の役者が現われる。王と妃、それに注意する。

ハムレット こいつの話で万事がわかる。役者に秘密は守れない、何もかも喋ってしまうぞ。

オフィーリア いま見せてくれたお芝居の意味も？

ハムレット (荒々しく) もちろんだ、そのほかなんでも教えてくれよう、お前のほうから見せてやりさえすれば、片端からな――お前さえ恥ずかしがらずに見せてやれば、やつも恥じずにこれはこうと教えてくれるというものだ。

オフィーリア　また、そのような、私はお芝居を見ることにいたします。

役者　われら一座のため、またここに演じます悲劇のため、寛大なる御見物のみなさまがた、なにとぞ多少の不出来はお許しくださいますよう。（退場）

ハムレット　あれは、口上か指輪の銘か。

オフィーリア　本当に短(みじこ)うございますこと。

ハムレット　女の恋のように。

一段高いところに、二人の役者が現われる。劇中劇の王と妃である。

劇中劇の王　結びの神に導かれ、たがいに契(ちぎ)りをかわしてこのかた、日の神の車は、海山こえて三十たび大空を駆けめぐり、月の盈(み)ち干(ひ)も十二たび、くりかえして三十年、この地上を照らしつづけてきた。

劇中劇の妃　日も月も、かれらの契りの果てるまで、さらに長き旅路を！　辛(つろ)うございます、昔とかわり、お力なげな近ごろの御様子、見るにつけ、心ぼそう、いえ、け

〔Ⅲ－2〕9

っしてお気になされますな。くよくよと気をつかうのは、情けを知った女のつね。気づかいと情愛と、この二つはおなじもの。相見るまでは無邪気な女も、知れば、いずれも度を越してしまうもの。この胸のうち、いまさら申しあげるまでもないこと。情けの深まるにつれ、気づかいもまし、ささいなことにも心わずらい、それがさらに情けを深めるのでございます。

劇中劇の王　いや、いずれはさきに死なねばならぬこの身の定め、それも遠いさきのことではあるまい。身も心も弱りはてし今日このごろ。せめて、そちはこの世に残り、国びとに敬われ慕われて楽しき余生をすごすがよい。おそらくはこの身に劣らぬ夫を迎え――

劇中劇の妃　何を仰(おお)せになります！　そのようなあだし心に迷うて、二夫にまみえるなどとは、思いもよりませぬ。今ある夫を殺すほどのものでもなければ、何を好んで二度目の夫を迎えましょうぞ。

ハムレット　苦いぞ、苦いぞ、にがよもぎ。

劇中劇の妃　ふたたび夫を迎えようなどと、つまりは卑(いや)しき利欲に眼がくらんでのこと、そのように情はたやすく動きませぬ。二度目の夫の腕に抱かれ口づけ許すは、亡き夫をふたたび殺すにひとしき所行。

劇中劇の王　その言葉、まさかに偽りとも思わぬが、定めなき人の心、いつおのれに背くもはかりがたい。人の思いは所詮、記憶の奴隷、生れ出ずるときはいかに激しくとも、ながらえる力はおぼつかない。今は枝にしがみついている未熟の木の実も、熟せばおのずと地に落ちよう。みずから心に課した負いめとあらば、取りたてを忘れるも無理からぬこと。情に激して誓いし言葉の数々、冷めれば忘られもしよう。悲しきにつけ、嬉しきにつけ、激情ひとたび去らば、思いを実行に移す気力を失おう。歓楽きわまらば悲しみふかし。ささいなことから、悲喜たちどころに所を変える。人の世は無常。さすれば、男女の情も、時のまにまに、移ろい行けばとて、なんの不思議があろうか。情が時を制するか、時が情を制するか、どちらともにわかに決められまい。よくあること、位高きものも一度つまずかば、身内も背き去り、賤しきものも青雲に乗らば、きのうの敵も来たり投ず。人情も時世時節に勝てぬ証拠。富めるものは友にことかかぬが、貧しくして、友の不実を試みるは、相手をたちまち敵に追いやるがごとし。さて、つまりは、こうなろうか、人の志と運命とはまったく相反して動き、思い定めしことも、かならず覆され、思いはわがものなれど、結果はつねに手のとどかぬところに現われる、と――二夫にまみえぬ心とはいえ、夫が死ねば、その誓いも死にはてよう。

劇中劇の妃　ああ、どうしてそのようなことが。たとえ大地も食を恵まず、天も光を与えず、昼の楽しみ、夜の慰めを奪われ、絶望と不安に突き落されようとも、また獄につながれ、生涯、日のめも見られず、世のあらゆる禍いが愛するもののうえにふりかかり、その心の苦しみが未来永劫、のちの世まで、この身につきまとおうとも、ひとたび夫を失ったものが、他に嫁ぐなど、どうしてそのようなことが！

ハムレット　その誓い、まさか破るまいな！

劇中劇の王　よく誓ってくれた。しばらくひとりにしておいてくれぬか。疲れてきた。ものうい昼の一時、午睡にすべてを忘れたい。（眠りに入る）

劇中劇の妃　よくおやすみになり、お心の疲れも解けますよう！　二人のあいだに、二度と禍いのかげのさしませぬよう！（退場）

ハムレット　母上、いかがでございます、このお芝居は？

妃　いかにも、誓いがくどすぎるように。

ハムレット　なるほど、いや、誓ったからには守りましょうよ。

王　ハムレット、筋はあらかじめ知っているのか？　なにもさわりはあるまいな？

ハムレット　御心配無用、この分ではさわりまでいかずに事がすみそうですな。ほんの毒を一たらし、さわりなどとはとんでもない。

王　題はなんというのだ？

ハムレット　わな。おお、そのわけとおっしゃる？――なに、ほんの喩話。事実ヴィエナであった人殺しを仕組んだもので、ゴンザーゴというのは王の名まえ、妃はバプティスタといって、すぐわかりますが、なんとも恐ろしい話だ。が、それで別にどうということもありますまい？　王様はじめ、われら一同、心にやましいことは何もないはず、少しも痛痒を感じませんな。脛に傷もつ馬こそ跳ねよ、おいらの腹は痛くないぞえ……

このとき、ルシアーナスに扮した第一の役者が出てくる。黒衣。手に毒薬の小瓶。顔を歪め、威嚇的な身ぶりで、そり身にゆっくり眠れる王に近よる。

ハムレット　それ、あいつがルシアーナスという男です。王様の甥だ。

オフィーリア　コーラス役のように、なにもかもよくごぞんじで。

ハムレット　わけもないこと、操り人形がじゃれついているのを見ただけで、お前と恋人の仲を嗅ぎつけてごらんにいれる。

オフィーリア　きついお言葉、ひどうございます、ハムレット様、そのようなことを。

ハムレット　このきつい突きを鈍らせようとならば、それ、一泣き泣いて見せるのだな。

オフィーリア　どこまでもそのようなことを。

ハムレット　などと言って、どこまでも知らぬ顔、そうして神妙に御亭主を……（舞台のほうを見て）おい、人殺し、いいかげんに始めぬか。あばた面！　そんなまずい面は、さっさとかたづけて、さきへ行け！　それ、いよいよ――「怨みをはらせと、大鴉、鳴く声、陰にしわがる」――

ルシアーナス　心は黒く淀み、手は逸る。薬の効きめはたしかだ。今こそ、その時。さいわい、人目もなし。闇夜の草よりしぼりとり、三たび魔女の呪いをくれしこの毒液。恐ろしき魔力をふるい、瞬時に、かのすこやかなる命を絶ってくれ。（王の耳に毒をそそぐ）

ハムレット　王位を手に入れるために、庭で眠っている王を毒殺するところだ。王の名はゴンザーゴ。しかも実話だ。立派なイタリー語で書いてある。すぐにわかるぞ、あの人殺しめ、これから妃をたらしこむのだ。

王は顔面蒼白になり、よろめくように立ちあがる。

オフィーリア　あ、王様がお立ちに。
ハムレット　おお、嘘（うそ）の火の手におびえて！
妃　どうなさいました、お加減が？
ポローニアス　芝居をやめろ、芝居を。
王　あかりを、あかりを――部屋へ！（大広間より急ぎ退場）
ポローニアス　あかりだ、あかりだ、あかりを！（ハムレットとホレイショー以外、すべて退場）
ハムレット

ほい　泣け　ほい　泣け　手負いの猪（しし）は
罪なき雄鹿（おじか）は　野に遊ぶ
眠れぬやつには　お気の毒
こちとらのんきに　高いびき
とかく浮世は　ままならぬ

どうだ、これなら役者の仲間入りができるだろう。羽根飾りを一杯つけて、ばらの花のリボンのついた透（すか）し模様の靴（くつ）でもはいてな？　将来、食えなくなったらそうするか？

ホレイショー　まあ、せいぜい半人前というところでしょう。

ハムレット　なあに、おれなら立派に一人前だ。

　ごぞんじないか　ダモンどの
　神々の長(おさ)　蹴(け)おとして
　わがもの顔に　羽ばたくは
　女たらしの――孔雀王(くじゃくおう)

ホレイショー　少々手きびしすぎましょう、終りのところは元のままでもよろしかったのでは。

ハムレット　ホレイショー、こうなったら、亡霊のことば、千万の金を積んでも買いとるぞ……見たろうな？

ホレイショー　ハムレット様、確かに。

ハムレット　毒殺の場にきたときな？

ホレイショー　確かに見とどけました。

　ローゼンクランツとギルデンスターンがもどってくる。

ハムレット　は、はあ！（二人に背を向けて）さあ、音楽だ！　おい、笛を持って来い！
王様　芝居がお嫌いならば
げにもっともじゃ　嫌うわけじゃよ
さ、音楽だ！
ギルデンスターン　ハムレット様、恐れながら、一言申しあげたいことが。
ハムレット　なんでも伺おう。
ギルデンスターン　じつは、王様におかせられましては――
ハムレット　ふむ、どうした な、王様が？
ギルデンスターン　お引きこもりになりましたきり、いたくご機嫌わるう。
ハムレット　飲みすぎてか？
ギルデンスターン　いえ、御立腹あそばして。
ハムレット　それなら医者に知らせたほうが、ずっと気がきいている。下手にハムレットが治療の手をくだそうものなら、叔父上の腹はますます立ってくるだろうが。
ギルデンスターン　ハムレット様、そんな取りとめのないことをおっしゃって、話をおはぐらかしにならぬように。

ハムレット　こうしておとなしくしている――さ、言ってくれ。

ギルデンスターン　じつは、お妃様が、ひどく御心配あそばされまして、そのお言いつけによりお迎えに参じたのでございます。

ハムレット　よく来てくれたな。

ギルデンスターン　ハムレット様、そういう御挨拶(ごあいさつ)も時と場合によりけり。まっとうにお答えくださいませば、お母上様のお言葉をお伝えいたしますが、さもなければ、失礼ながら、これにておいとまいただきます。（礼をして、そっぽを向く）

ハムレット　それは出来ぬ。

ローゼンクランツ　なんと仰せられます？

ハムレット　まっとうに答えろといって――頭が狂っているのだ。しかし、出来るだけの御返事はしよう。もちろん、母上にもな。だから、もういいではないか。さっさと用件を言ってくれ――母上が、どうしたと？――

ローゼンクランツ　では、申しあげますが、ハムレット様のおふるまいには、いたくお驚きあそばされたとのことでございます。

ハムレット　いや、あっぱれ、呆(あき)れた倅(せがれ)だ、母親の胆(きも)をつぶすとは！　して、その母上の驚きのあとには？　それからどうなるのだ？

ローゼンクランツ　おやすみになるまえ、ぜひお居間のほうへおいで願いたいとおっしゃって。

ハムレット　仰せ、慎んでうけたまわった、いまより何層倍も母上らしい母上と思うて。まだ、何か用が？

ローゼンクランツ　ハムレット様、かつては、このローゼンクランツを親友と見なしてくださいましたことがおありのはず。

ハムレット　今だってそう思っている。この癖の悪い手に誓ってな。

ローゼンクランツ　お願いです。打ちあけてはいただけませぬか、近頃（ちかごろ）、御不快の理由を？　悲しみを友人にも打ちあけまいとなさいますのは、我から御自分を不自由な狭い殻（から）のなかに閉じこめておしまいになるようなもの。

ハムレット　じつは、その、出世が出来ないからだ。

ローゼンクランツ　また、どうして、そのような？　王様御みずから、いずれデンマークの王位はハムレット様にと、御宣言なさいましたでは？

ハムレット　それはそうだが、「葦（あし）の伸びるを待たで、馬の身は」なんとやら――いや、この諺（ことわざ）も少々かびくさくなってしまったな。（そのとき、役者たちが笛をもってくる）おお、笛だな、ひとつこっちに。（笛を一本、手にとり、ギルデンスターンをわきへ連れて行き）ちょっとこっちへ。ところで、ききたいが、どうして、そう、人の風上にばかり立ちたがるのだ？　落し穴へでも追いこもうというつもりらしいな。

ギルデンスターン　とんでもございませぬ。もし出すぎましたことがございましても、それは真心ゆえと。

ハムレット　どうもよくわからないな――この笛、ひとつ吹いてみせてくれぬか？

ギルデンスターン　いえ、あいにくそのような芸は。

ハムレット　頼むから、吹いてくれ。

ギルデンスターン　いえ、本当に吹けぬのでございます。

ハムレット　そこを、なんとか一つ。

ギルデンスターン　と申して、ぜんぜん心得がございませぬので。

ハムレット　なに、わけはないさ、嘘をつくのと同様。それ、こうして、この孔（あな）を指でおさえて、口でぷっと吹けばいいのだ。すてきもない音が流れだす――いいか、ここをおさえる。

ギルデンスターン　それがうまく出ませぬので。皆目、やりかたをぞんじませぬので、いい音が出るはずはございませぬ。

ハムレット　ほう、すると、このハムレットをよほど甘く見ているのだな！　こんな男を鳴らすのはわけはない、おさえどころもわかっていると言いたいのだな！　心の琴線に手をふれ、秘曲を奏でることも出来る、いちばん低い音から、いちばん高い音まで自由自在というわけか――この小さな楽器のなかにも、豊かな音楽、妙なる音が眠っている。それすら吹きこなせないくせに、ふざけてはいけない、ハムレットはこの笛より操りやすいとでも言うのか？　この楽器にどういう名をつけようと勝手だが、そうかんたんに吹き鳴らされてたまるものか。逆に火を吹きかけられるくらいが落ちだろうよ。（ポローニアスがはいってくる）おお、これはこれは！

ポローニアス　ハムレット様、お妃様がぜひともお話しになりたいことがございます由、それも今すぐ。

ハムレット　あの雲が見えるかな、それ、向うのらくだの恰好をしている？

ポローニアス　なるほど、いかにもらくだのようで。

ハムレット　いや、いたちに似ているぞ。

ポローニアス　さよう、背中のあたり、確かにいたちに似ておりますな。

ハムレット　待てよ、鯨のようではないか？

ポローニアス　おお、鯨そっくりで。

ハムレット　よし、すぐ母上のところへまいる。（横を向いて）寄ってたかって、人を馬鹿にしている――すぐ行く。

ポローニアス　そうお伝え申します。（ポローニアス、ローゼンクランツ、ギルデンスターン、退場）

ハムレット　「すぐに」、言うにはやさしい言葉だ。では、みな退ってくれ。（他のものも去る）夜もふけた、今こそ魔の刻。墓は腭を開き、地獄の毒気を吹き送る。このおれも、今なら生き血をすすり、日も目をおおう惨忍な所行を、みごとやってのけるぞ。が、待て。まず母上のところへ――どんなことがあろうと、人情を忘れるなよ。おのれの魂をネロに売り渡してはならぬぞ。いかに厳しく責めたてようと、人の子の情を忘れるな。言葉には匕首を、が、けっして柄には手をかけぬぞ。心が舌を裏切ってくれればいいのだが。どんな激しいことばを吐こうと、けっしていい気になってはならぬ！（去る）

〔第三幕　第三場〕

10

城内、大廊下　第一場とおなじく跪拝台がある。謁見の間につづく。

王、ローゼンクランツ、ギルデンスターン。

王　あいつには、もう我慢がならぬ。そればかりではない、狂人をあのままにしておくのは危険至極な話だ。早速だが、ハムレット、イギリス派遣の件、委任状を認めるゆえ、二人も同行してもらいたい。あの無法者の心に芽ばえた妄想、いつ国事をそこなわぬとも測りがたい。

ギルデンスターン　は、すぐにも用意を。御仁徳のかげに日々の生を営む民草のため、さまでお心を煩わしたまうとは、おそれ多いともなんとも。

ローゼンクランツ　個人も身をまもるためには、あらんかぎりの備えが必要、まして国をあげて命の綱とも頼みまいらすお身のうえ、なおさらの御用心が肝要かとぞんじます。国王の御不幸は、お身の上ひとつにとどまらず、近くにあるものすべてを、その深い淵にひきずりこまずにはすみませぬ。いわば、山の頂に据えられた大きな車のようなもの、その心棒に集まる太い輻には、無数の小者の運命が託されております。ひとたびそれが崩れ落ちれば、たちまち大混乱、それにまつわるどんな小さな部分も、破滅をまぬかれますまい。国王のひそかなお歎きは、とりもなおさず、国をあげての苦悶の声、けっしてゆるがせには出来ませぬ。

王　とりいそぎ旅の仕度を。危険には一刻も早く足枷(あしかせ)をはめてしまわねばならぬ。今まで、あまり自由に出歩かせすぎたのだ。

ローゼンクランツ　では、急いで、仕度を。（二人退場）

ポローニアス登場。

ポローニアス　ハムレット様が、これからお妃(きさき)様のところへ――それがし、壁掛のうしろに隠れて、始終の様子をうかがおうかとぞんじます――もとより、お妃様には十分お叱(しか)りあろうかと思われますが、まことに、ようお気づきあそばされました、そこには親子の情もございましょう、やはり、いちおう他人に聴かれておるということにいたしましたほうが。では、また。いずれおやすみのまえに、逐一御報告に参じましょう。

王　うむ、すまぬな、ポローニアス……（ポローニアス退場。王、あちこち歩きまわりながら）おお、この罪の悪臭、天へも臭(にお)うぞ。人類最初の罪、兄殺しの大罪！　どうしていまさら祈れようか。祈りたい、心から祈りたいのだが、罪の深さを思えば、それもできぬ。おのが犯した罪の数々、それこれ思いまどうて、祈りのことばも口にのぼらず、こうして呆然と立ちつくしている。まるで二兎を逐う欲ふかのように。この呪われた手の甲が、兄の血にまみれて厚く硬ばっていたからといって、天には、それを雪のように洗い浄めてくれる雨がないのか？　罪びとのうえに注がれてこそ、慈雨ではないか？　人はなんのために祈るのだ？　罪に落ちぬように祈り、落ちたものは救われるように祈るのだ。恐れることはない、天に面をあげよう……犯した罪はもう過去のものではないか。ああ、だが、どう祈ったらいいのだ、おれは？「忌わしい殺人の罪を許したまえ」と？　それは言えぬ、人を殺して、そうして手に入れたものを、今なお身につけていて。王冠も、妃も、いや、野心そのものを、おれはまだ捨てきれずにいるのではないか。罪の獲物を手放さずにいて、それで許されようなどと、そのようなことが？　この堕落しきった末世では、罪に汚れた手も、黄金の鍍金をほどこせば、正義を卻けることもできよう。邪な手段で獲ち得た宝でも、ままあること、それで国法を買いとってしまえば、事はすむ。が、天ではそうはいかぬ。ごまかしは効かぬのだ。いかなる行いも、あるがままに裁かれ、否も応もない、一々証拠をもとに、泥を吐かされてしまおう。どうしたらよいのだ、どうしたら？　せめて懺悔だけでも——そうだ、懺悔さえすれば。いいや、その気もなしに今さら懺悔をしてみたところで、なんの役にたつというのか？　ああ、みじめな話だ！　死のように黒ずんだ、わが胸のうち！　もちにかかった山鳥同然、あがけばあがくほど動きがとれなくなる。ああ、なんとか、誰か！　ええ、やってみろ。思いきって曲げてみるのだ、その頑な膝を。鋼の心臓も、生れたての赤子の筋のように、柔らかくなってくれ――やがては救いも。（跪く）

このとき、ハムレット、謁見の間を通って、姿を現わす。王を見とめて、立ちどまる。

ハムレット（大廊下の入口に近より）やるなら今だ。やつは祈りの最中、造作なくかたづけられる――よし、今だ。（剣を抜く）やつは昇天、みごと仇は打てる。待て、そいつは。父は悪党に殺された。忘れ形見のおれがその悪党を天国に送りこむ……ふむ、傭われ仕事ではないか、復讐にはならぬ。そうだ、あのとき、父上は現世の欲にまみれたまま、生きてあるものの罪の汚れを洗い浄めるいともあらず、あの男の手にかかって非業の最期をとげられた。天の裁きは知る由もないが、どう考えてみても、軽くすむわけがない。が、これが復讐になるか。やつが祈りのうちに、心の汚れを洗いおとし、永遠の旅路につく備えができている今、やつを殺して？　そんな、ばかな。（剣を鞘におさめる）いいか、その中で、じっと身を屈して時を待つのだ、殺気の呼ぶ時を。飲んだくれて前後不覚に眠ってしまうときもあろう、我を忘れて怒り狂うときもあろう、邪淫の床に快を貪るときもあろう、賭博に夢中になり、罵りわめくとき、いや、いつでもいい、救いのない悪業に耽っているのを見たら、そのときこそ、すかさず斬って捨てるのだ。たちまち、やつの踵は天を蹴って、まっしぐらに地獄落ち。いや、落ちぬさきから、その魂はどすぐろい地獄の色に染まっていようというもの。母上が待っていよう。その祈りも、所詮はおのれの苦しみを長びかせるだけにすぎまい。（通りすぎる）

王　（立ちあがり）言葉は空に迷い、思いは地に沈む。心をともなわぬ言葉が、どうして天にとどこうぞ。（去る）

11

〔第三幕　第四場〕

妃の居間　壁掛が垂れさがっている。裸の壁のところに、先王ハムレットの肖像とクローディアスの肖像がかかっている。寝椅子、数脚の椅子。妃とポローニアス。

ポローニアス　すぐにもお出でになります。きつうおっしゃってくださりませ。いた

〔Ⅲ－4〕11

ずらにも程があるとな。王様にはひどい御立腹。間にはいってとりなしの、その苦しいお立場、とくとお話しなされませ。それがしは居ないものに。終いまで黙っておりますでな――よろしゅうございますか、くれぐれもきつう。

ハムレット　（外で）母上、母上、母上！

妃　大丈夫、心配は要りませぬ。さ、隠れて。足音が。（ポローニアス、壁掛のうしろに隠れる）

ハムレットがはいってくる。

ハムレット　母上、なにか？

妃　ハムレット、お前のため、父上は大変なお腹だち。

ハムレット　母上のためにも大変なお腹だち。

妃　どうして、どうして、そのようなたわいのないことを。

ハムレット　どうして、どうして、そのような心ないお言葉では。

妃　ハムレット、それは、一体？

ハムレット　それとは、一体、なにを？

妃　お前は、この私を忘れておしまいか？

ハムレット　とんでもない、忘れるどころか、お妃にして、夫の弟の妻。しかも、あるまじきことに、わが母上。

妃　またしても。このうえは、誰か話のできるものを呼んで来よう。（行きかける）

ハムレット　（妃の腕をおさえ）お待ちなさい。そこへお掛けになって。動いてはなりませぬ。今、ここで、そのお心のなかのなかまで見とおせる鏡を、お目にかけましょう。それまでは決してお放しいたしませぬ。

妃　なにをする？　殺そうとでも？　あ、誰か、誰か！

ポローニアス　（壁掛のかげで）おお、大事だ！　誰かおらぬか、誰か、早う！

ハムレット　（剣を抜き）おお、さては！　鼠か？　くたばれ。くそっ、くたばってしまえ。（壁掛のうえからぐさりと突きさす）

ポローニアス　（崩れ倒れる音）ああ！

妃　ああ、お前は、なんということを？

ハムレット　知りますものか。王では？　（壁掛を引き、ポローニアスの死体を発見する）

妃　ああ、むごたらしい！

ハムレット　むごたらしい――許しがたい所行だ。が、母上、王を殺すのにくらべれば、その弟に嫁するのにくらべれば、どちらがどうか。

妃　王を殺すのにくらべればと！

ハムレット　そう、まさにそう申しました……（ポローニアスの死体に）かわいそうなやつ、どこへでもひょこひょこと、さしでがましい道化役、これでお別れだ！　お前の主人とまちがえたのだ。これも運命とあきらめろ。やっとわかったろうな。あまりちゃかちゃかすると危ない目にあうのだ。（壁掛から手を離し妃のほうに向きなおり）そんな身悶えはおやめなさい。心を落ちつけて。さ、お掛けになって。このハムレットが、心の悶えを教えてさしあげましょう。まさか、その言葉が通らぬほど、固くよろわれたお胸でもありますまい。いかに忌わしい習慣も、道理を寄せつけぬほど、お心を鋼と鍛えはいたしますまい。

妃　私が何をしたとお言いか？　母に向ってそのようなたわごとを大声でわめきたてたりして。

ハムレット　申しあげましょう。女らしい羞恥心をふみにじり、貞女を偽善者呼ばわりもしかねぬおふるまい。恋に一途の無邪気な額から清浄な薔薇の香りを奪い、その代りに見るもあさましい瘡をふきださせ、夫婦の誓いもばくち打ちの約束ごと同然のいいかげんなものにしてしまわれた。そうではございませぬか。神に誓った言葉から魂を抜き去り、神聖な儀式をそらぞらしい道化芝居に化するにひとしい御所行。それでは天も憤り(いきどお)に面(おもて)を赤らめ、さすがの大地も、憂え(うれ)の深きに堪えかねましょう。

妃 私が、一体何を？ 大仰な思わせぶりはたくさん。そのように大騒ぎをするほどのことは何も。

ハムレット (壁の肖像画のところへ妃を引きずって行き)これをごらんなさい、この二つの絵を、血を分けた二人の兄弟の肖像を。この面にただよう気品――波打つ髪形は太陽神アポロそのまま。神々の長(おさ)ジュピターにも見まがう秀(ひい)でた額、眼(まなこ)の鋭さは三軍を叱咤(しった)する軍神マルス、それにこの凛々(りり)しい立ち姿。天を摩する山頂にいま降り立ったばかりの使神マーキュリーそっくりではございませぬか。いかなる神も、これこそ人間の鑑(かがみ)、ありとあらゆる美を一身に兼ねそなえた男と認めずにはおられますまい。母上、母上はこういう人を夫にしておいでだった――それが、さあ、こちらをごらんなさい。これが今の夫、虫のついた麦の穂同然、すこやかに伸びた兄穂を枯らしてしまったやつだ。母上のお目はどこについておいでなのか？ 美しい山の牧場をすてて、こんな荒地に餌(えさ)をあさるなどとは。ふむ！ それでも、お目があるのか？ まさか恋ゆえにとは言えますまい。そのお年では、情念の焔(ほのお)も鎮(しず)まり、分別のまえにおとなしく席をゆずるのが当然。それを、どうして、これからこれへ？　そう、感覚はおもちのはずだ。さもなければ、欲望も起らぬはず。が、その感覚が麻痺しておいでなのだ。気ちがいにしてもこのような間違いはしますまい。いかに狂気に憑かれた感覚にも、多少のわきまえはあるはず、かほどの差が見わけられぬわけがない。一体どのような悪魔に魅入られて、こうしためくらにもひとしい所行を？　感情がなくても目があれば、目は見えずとも、感情があれば、手や目がなくても、耳があれば、いえ、何はなくとも真偽を嗅ぎわける鼻さえあれば、たとえ狂っていようと、この五感のひとかけらでも残っていれば、こうしたばかなまねが出来るわけがないのだ。ああ、羞恥心、きさまは、一体、どこに？　ええい、地獄の悪魔め、いい年をした女の体内にもぐりこみ、このようなたくらみがしでかせるなら、燃えやすい若い男女などは朝飯まえ。徳も操もあるものか、おのが青春の火に蠟と溶けてしまうがいい。なんの恥ずかしがることがあるものか。燃えあがる情念の焰、どうあがいても逃れられるものではない。見ろ、霜すらかっかと燃えている。理性も邪淫のとりもち役をする世の中だ。

妃　ああ、ハムレット、もう、何も言わないで。そのお前の言葉で、おのが心の奥底をまざまざとのぞき見るおもい。どす黒いしみにまみれて、このように。いくら洗っても落ちはしまい。

ハムレット　落ちますものか。いっそ、このうえは、脂（あぶら）ぎった汗くさい臥床（ふしど）で、ただれた欲情にむせまろび、きたない豚小屋中を——

妃　黙って、もう許して。一言一言が、匕首（あいくち）のように、この耳を。ハムレット、お願いだから、もう、何も言わないで。

ハムレット　人殺し、悪党。まえの夫にくらべたら、その靴（くつ）の紐（ひも）を解くにも値しない下司（げす）下郎。王は王でも茶番狂言の道化役。領土と王権を掠（かす）めとった巾着切（きんちゃくき）り。尊い王冠をこっそり棚（たな）からおのれのふところへ——

妃　もう許して。

ハムレット　道化のまだら衣裳（いしょう）を着こんだ王様——

　このとき、亡霊が夜着すがたで現われる。

ハムレット　おお、この身を守ってくれ、天使たち、その翼のかげに！——どうしろというのだ？

妃　ああ、とうとう気が狂って。

ハムレット　叱（しか）りに来たのだな？　ときに激情に身をゆだねるかとおもうと、またつまらぬことに心をわずらわし、いつまでも大事の命令をはたさぬ、この腑がいなさ。それが気に入らぬというのか？　さあ、答えろ！

亡霊　忘れるなよ、ハムレット！　その鈍った心を励まさんがため、こうしてここに——それ、見るがいい、母親を。あのように恐れおののいている。あの心の悶えに、なぜ手を貸してやらぬ？　弱き心には、同じ言葉も強くひびく。母に話しかけてやれ、ハムレット。

ハムレット　どうなさいました、母上？

妃　ああ、お前こそ？　じっと宙を見つめて、ありもしないものに向って、なにやら話しかけて？　心も空のその目つき、まるで物音におどろいて飛び起きた兵士のように、撫でつけた髪の毛をさかだてて。ああ、ハムレット、落ちついて、気をしずめて。そうしてじっと、一体、どこを？

ハムレット　あれを！　あれをごらんなさい！　それ、あんなに青ざめて、こちらをじっと！　あの悲しげな姿、こもる怨み。理由を聞けば、木石も泣きましょう。そうおれの顔を見ないでくれ。そのように悲しげな身ぶりをされると、この固い決意も鈍る。眼前にひかえた大事も気がぬけ、血のかわりに涙を流す、そうしたことにもなりかねない。

妃　ハムレット、誰に向って、そのようなことを？

ハムレット　母上、なにもお見えにならぬのですか。それ、あそこに？

妃　いいえ、なにも。この目にうつるかぎりは。

ハムレット　では、あの声も聞えなかったと？

妃　いいえ、二人の声のほかには。

ハムレット　それ、そこを！　向うへ、そっと影のように！　父上のお姿が、いつもの夜着を羽織って。それ、あそこを。おお、出て行く、戸口のところを！（亡霊、消える）

妃　何を言う、お前の心の迷いです！　ありもしないものを勝手に造りあげる、それこそ狂気の証拠。

ハムレット　狂気！　ごらんなさい、この脈を。母上と同様、音楽のように正常な時を刻んでいる――気ちがいのたわごとなどであるものか。試してみてください、いま喋ったことを。一から十までくりかえして見せましょう。気ちがいならきっと脱線するはずだ。母上、お願いです。御自分を甘やかしてはなりませぬ。これほどまでに口汚う申しあげねばならぬのも、所詮は母上の罪ゆえ、けっしてハムレットの狂気のせいなどとお思いになってはなりませぬぞ。そのような気やすめの油薬を塗って上っ面をごまかしておいでだと、目に見えぬ奥のほうが腐ってゆく。懺悔をなさるがいい。過去を悔い、将来をおつつしみなさい。雑草に肥料をやって、繁らすことはない。許してください、善人ぶって、このような口はばたいことを申しあげて。なるほど、この堕落しきった世のなかでは、美徳が悪徳の許しを乞い、あまつさえ、辞を低うしてその顔色をうかがいながら、事をなさねばならぬらしい。

妃　おお、ハムレット、お前は、この胸を真二つに裂いてしまった。

ハムレット　おお、それなら、その穢ないほうを棄てて、残ったきれいなほうで、清く生きてくださいますよう。では、おやすみ。が、けっして、叔父上の部屋へいらしてはなりませぬ。操はなくとも、せめてあるようにおふるまいになることです。習慣という怪物は、どのような悪事にもたちまち人を無感覚にさせてしまうが、半面それは天使の役割もする。始終、良い行いをなさるようお心がけになれば、はじめは慣れぬ借着も、いつかは身についた普段着同様、おいおいお肌に慣れてくるものです。今宵一夜をおつつしみなさい。あすの夜はもっと楽になりましょう。その次はさらにたやすく。こうして習いは性となり、人は、知らぬまに、悪魔を手なずけられもしようし、それを追いだしてしまうことも出来る。もう一度、おやすみなさい。いえ、神のお慈悲を求めるお気もちにおなりのとき、改めて祝福をいただきましょう。この老人、

（ポローニアスの死体を指さし）かわいそうなことをしたが、これも天の配剤。神はハムレットを使ってこの男を罰し、この老人を囮にハムレットを陥れようとしているのだ。この身は神々の振う鞭ともなり、また、それを受ける奴隷の身でもあるというわけ。死骸はかたづけておきましょう。人をあやめた責めは負うつもりです。では、お心しずかに。ずいぶんひどいことを申しあげましたが、それもおためを想うからこそ。いやな開幕だが、あとにはもっといやなことが……（行きかけて、もどってくる）母上、もう一言。

妃　なにを、どうしろと？

ハムレット　なんでもなさるがいい、いま申しあげたことは、一切わすれて。脂肪ぶとりの王様の言いなりに、今宵もお床入りなさるがよろしい。頬をつかせ、「ういやつ」とでもなんとでも言わせておけばいい。臭い口でなめまわされ、いやらしい指さきで項をくすぐられて、それで有頂天になって、何もかもぶちまけてしまえばいいのだ。あの子の狂気は真赤なうそ、上辺だけの偽気ちがいだと。そう知らせておやりになったほうがおためでしょう。いかにお美しいお妃様でも、どれほどお淑やかでさかしかろうと、これほどの一大事、黙って隠しおおせはしますまい。ことに相手が、あの魔女の子分のひき蛙、蝙蝠、牡猫の同類ときたひには。とても出来はしますまい、分別も秘密もあったものではない。あの、なんとかいう猿の話ではないが、鳥籠を屋根の上に持って行って、蓋を開けてやり、鳥が逃げるのを見て、今度は自分がその中にもぐりこみ、飛ぼうとしてみごと失敗、ころがり落ちて首でも折るのが落ちだ。

妃　安心おし、言葉が息から出るものなら、そして息が命から出るものなら、お前の言ったことを洩らす息も命もあるわけがない。

ハムレット　イギリス行きの件、母上は、ごぞんじでしょう？

妃　ああ、そうだった。忘れていました。そう決ったはず。

ハムレット　国書も整い、二人の友人が、すでに王命を奉じて、いや、友人とはいうものの、蝮のようにいやなやつ——その二人が露ばらい、そして、ハムレットをわなにかけようとの悪だくみ。まあ、勝手にやるがいい。自分の仕かけた地雷にひっかかって打ちあげられるのを見物するのも一興だ。やつらもけっこうやるでしょうが、こっちはその一ヤード下を掘って、みごとやつらを月まで吹きとばしてやるだけのこと。おたがいのたくらみが、おなじ線のうえで出くわす、こいつは妙だ、なかなかこたえられませぬぞ。が、この男のおかげで、のんきに構えてはいられなくなった。死骸は隣の部屋へ引きずって行こう。母上、今度こそ、おやすみなさい。この大臣、やっと静かになったぞ。秘密も洩らさず、すっかり重々しく納まりかえっている。生きていたときには、阿呆なお喋りだったが……さあ、かたをつけてやろう……おやすみなさい、母上。（死骸を引きずって去る。残った妃は寝椅子のうえに身を投げてすすり泣く）

〔第四幕　第一場〕

〔Ⅳ－1〕 12

前場とおなじ　時も、すぐそれにつづいて。王がローゼンクランツとギルデンスターンを随えてはいってくる。

王　（妃を抱き起し）その苦しげな息づかい、何かわけがあるな。言ってくれ。知っておきたい。ハムレットはどこへ行ったのだ？

妃　しばらく、二人だけにして……（ローゼンクランツ、ギルデンスターン、その場をはずす）ああ、あのような恐ろしい目にあおうとは！

王　え、どうしたのだ？　ハムレットが何か？

妃　例の気ちがいざた、海と風とが競いあって荒れ狂うすさまじさ。手のつけようもなく――そのうち、前後もわきまえぬ発作に襲われたかとおもうと、壁掛のうしろのけはいに、いきなり剣を抜き放ち、「鼠、鼠！」と叫びながら、気ちがいの早合点、とうとうあの老人を、壁掛もろとも刺し殺して。

王　なんということを！　もしこの身がそこにいあわせたら、おなじ目におうたであろう。このまま放(ほう)っておいては危ない。いつわれらに、いや、何人(なんぴと)の身の上に、禍(わざわ)いがふりかかろうとも測りがたい。ああ、この血なまぐさい事件を、一体、どう言いつくろったら？　とどのつまり、この身の不始末と責められよう。気の狂うた若者を自由に出歩かせておく法はない、つかまえて、どこかへ閉じこめておくべきだった。だが、あれがかわいかったのだ。業病(ごうびょう)の持主が、それを人に知られるのがいやさに、病気をひた隠しに隠して、ついには命を失うようなもの、情に溺(おぼ)れて、なすべきことに、しいて心を用いようとしなかったのだ。ハムレットは、どこへ行ったのだ？

妃　自分で殺した老人の死骸を引きずって。なんの値うちもない鉱石のあいだを、ひとすじ金の脈が通っているように、狂気にも一片の純情が残っているのでございましょう——自分のしたことに涙をながして。

王　うむ、ガートルード、奥へ。間もなく日の光が山の端(は)を薄く染め出(いだ)そう。そうしたなら、すぐにもあれを船に乗りこませてしまうのだ。あとは、権力にものを言わせるばかり。それになんとかうまい口実を見つけて、この不祥事をまるく納めてしまわねばならぬ。おおい！　ギルデンスターン！　（ローゼンクランツとギルデンスターンがもどってくる）頼みがある。もう二、三人、手を借りねばなるまい——じつは、ハムレットが狂気のあまり、ポローニアスを刺し殺し、死骸をこの部屋からどこかへ引きずって行ったらしい——すぐ探しだして、なんとか言いくるめ、死骸を礼拝堂に納めるよう計らってくれ。御苦労だが、至急たのむ。（二人、退く）さあ、ガートルード、すぐ腹心のものを呼び集め、この不慮の出来事を伝えるとともに、いちおう考えていることを知らせておこう。中傷の矢は、砲弾も及ばぬ早さ、たちまち世界を一巡りし、遠く離れた的もみごと射ぬくもの。こうして先手を打っておけば、その毒矢も的を失い、徒らに空を切るばかり、われらの名も傷つかずにすむであろう。さ、行こう！身も心もひきずりこまれるような暗い不安の影が。（二人、退場）

〔第四幕　第二場〕

13

城内の一室　ハムレットがはいってくる。

ハムレット　これで一安心。

外の声　ハムレット様！　ハムレット様！

ハムレット　しっ、あの声は？　おれを呼んでいるようだな？　う、来たぞ！

ローゼンクランツとギルデンスターンが、衛兵とともに急ぎ駆けつけてくる。

ローゼンクランツ　ハムレット様、死骸をどうなさいました？

ハムレット　一緒にしてしまった、土と。土と死骸は同類だからな。

ローゼンクランツ　場所は？　礼拝堂（らいはいどう）へ運ばねばなりませぬ。ぜひ、お教えを。

ハムレット　いい気になってはいけない。

ローゼンクランツ　なんのことでございます？

ハムレット　お前たちの秘密はかくしておいて、こちらの秘密は開け放し、そうはゆかぬ。おまけに、王子ともあろうものが、海綿に問いつめられて、そうやすやす返事がなるものか？

ローゼンクランツ　海綿ですと？

ハムレット　おお、そうさ。王様の御寵愛（ごちょうあい）、その褒美（ほうび）、権勢、なんでもかんでも吸いとる海綿。また、そういう手あいこそ、王様にとっては、重宝このうえなし。猿（さる）が頰（ほっ）ぺたのすみに栗（くり）の実を含んでいるようなものさ。日ごろそういう連中を飼いならして

〔IV－3〕14

おいて、つまりは、都合のいいときに、ぐいと飲みこもうというわけだ――お前たちが吸いためておいたものが、いよいよ御入用（ごにゅうよう）となれば、その身をぎゅっとひとしぼり、それでこの海綿、またもとどおりからからになるという仕掛けだ。

ローゼンクランツ　なんのことやら、さっぱり。

ハムレット　それはありがたい――どんな毒舌も、馬の耳には念仏同然。

ローゼンクランツ　ハムレット様。死骸の在り場所をお教えくださらねば。そのうえで王様のところへお出（い）でいただきとうぞんじます。

ハムレット　死骸は国王と一緒だが、国王は死骸と一緒にはいない。国王などというものは――

ギルデンスターン　などというもの！

ハムレット　そう、取るにたらぬものさ。御前へでもどこへでも連れて行け。さ、隠れんぼだ。もういいぞ。（いきなり駆けだす。一同あとを追う）

14　〔第四幕 第三場〕

城内、広間　王は二、三の大臣たちと段上のテーブルをかこんで話をしている。

王　とにかく本人をつかまえて、死骸を探しだすよう、手配はしておいた。放っておいては、いかにも危険だ！　といって、法律を楯に手きびしく締めあげるわけにもゆかぬ。なにしろ、あれで、動きやすい国民のあいだに人気があるのだからな。大衆というやつは、理性で判断するということを知らない。ただ目に見えたところだけで好悪を決めるのだ。となれば、振りあげた鞭の過酷だけが問題にされて、犯した罪そのものは見すごしにされてしまうことになる。すべてを円満にはこぶためには、あれを急遽おいはらってしまうに越したことはあるまい。それも考えあぐねたすえということにしてな。恐ろしい病気を癒すためには、恐ろしい手だてもやむをえない。

ローゼンクランツ、ギルデンスターン、その他がはいってくる。

王　おお、どうした！　どうだったな？

ローゼンクランツ　死骸の隠し場所、どうしてもおっしゃってくださいません。

王　で、あれはどこにいる？

ローゼンクランツ　お連れいたしました。番をさせてございます。いちおう御指図を

14〔Ⅳ－3〕

承ってからとぞんじまして。

王　すぐここへ連れて来(こ)い。

ローゼンクランツ　おおい、ハムレット様をこちらへ。(ハムレット、衛兵に護衛されて登場)

王　おお、ハムレット。ポローニアスはどこだ？

ハムレット　ただいま晩飯の真最中。

王　晩飯を食っている？　どこで？

ハムレット　いや、食っているのではない。食われているところだ――政治屋の蛆虫(うじむし)どもが集まって、あの男の腹に総がかり、もう何も隠せはせぬ。もともと、蛆虫というやつは食いしん坊の大関だからな。王様もかないはしない。人間は自分を肥(ふと)らせるために、ほかの動物どもを肥らせて、それで肥ったわが身を蛆虫どもに提供するというわけだ。肥った王様も痩(や)せた乞食(こじき)も、それぞれ、おなじ献立の二つの料理――それで万事おしまいだ。

王　たわけたことを！

ハムレット　王様を食った蛆虫を餌(えさ)にして魚を釣(つ)って、その餌を食った魚をたべてと、そういう男もいるわけだ。

王　なんのことだ、それは？

ハムレット　なんのことでもない。ただ王様が乞食の腹のなかを御巡幸あそばす筋道を申しあげたまでのこと。

王　ポローニアスはどこにいる？

ハムレット　天国にいる――使いをやってみるといい。そこにいないということになれば、今度は御自分でほかを当ってごらんになることだ。それでも今月中に見つからないとなったら、廊下に出る階段のあたりを嗅ぎまわってごらんになるがいい。

王　（従者に）すぐ捜してみろ。

ハムレット　あわてるにはおよばぬ、逃げはしない。（従者、退場）

王　ハムレット、今度のこと、かえすがえすも遺憾に思うぞ。なにより心配なのは、お前の身の上だが、事ここにいたっては、もう一刻の猶予もならぬ。すぐ立ってもらわねばなるまい。ただちに仕度をしてくれ。船の用意は出来ている。風もよし、供のものも待っている。イギリス行きの準備は、すでに至れり尽せりだ。

ハムレット　イギリス行きか。

王　そうだ、ハムレット。

ハムレット　結構。

王　うむ、王の気もちを汲(く)んでくれるか。

ハムレット　その気もちを見ぬいている天使が、目に見えるようだ。いや、さあ、イギリス行きだ！　(王に恭(うやうや)しく敬礼する)　では、母上。

王　父だぞ、ハムレット。

ハムレット　やはり母上――父と母とは夫と妻。夫と妻とは一心同体。したがって、母上。(衛兵のほうを向き)　さあ、イギリス行きだ！　(衛兵とともに退場)

王　(ローゼンクランツとギルデンスターンに)　すぐあとを追え。うまくすかして船にのせてしまうのだ。手遅れにならぬよう、今夜中に出帆させてしまえ。さ、行け！　万事、手はずは整っている――頼む、急いでくれ……(王以外、すべて退場)　こうしておけば、いいか、イギリス王、こちらの好意を少しでもありがたいと思ったら――十分身にしみていよう、デンマークの刃(やいば)がつけた赤い掻(か)き疵(きず)が、まだその顔にはっきり残っている、すすんで示す恭順もその痛みのせいであろうが――この厳命、いまさら軽くはあしらえまい。親書にしたためておいたとおり、着いたら即刻、ハムレットを無きものに。いいか、きっとだぞ、イギリス王。あいつめ、まるで恐ろしい熱病のように、おれの血のなかを暴れまわっている。それを救ってくれるのが、きさまの役目だ。それがかたづくまでは、どんな好運が舞いこもうと、心から楽しむ気には

なれぬ。（退場）

15　〔第四幕　第四場〕

デンマークの港に近き曠野(こうや)　フォーティンブラスが、その軍隊を率いて行進してくる。

フォーティンブラス　では、頼む、代理にデンマーク王に挨拶(あいさつ)しておいてくれ。特別の御好意により、フォーティンブラス、約に従い、ただいま当領地内を通過する。よろしく御配慮いただきたい、それでいい。落ちあう場所は知っているだろうな。なにかとくに話があるようなら、お目にかかって御挨拶申しあげてもいい、そうお伝えしてくれ。

隊長　は、わかりました。（別れて一方の道を急ぐ）

フォーティンブラス　（隊伍(たいご)に向い）よし、ゆっくり行け。（部隊とともに別の道を辿(たど)る）

隊長は途中で、港へ向うハムレット、およびローゼンクランツ、ギルデンスターン、衛兵たちと出あう。

ハムレット　あ、ちょっと。あの兵士たちは、どこの？

隊長　ノールウェイ軍です。

ハムレット　一体どういう目的で？

隊長　ポーランドの某地攻略のために。

ハムレット　指揮は、誰（だれ）が？

隊長　ノールウェイ王の甥（おい）、フォーティンブラス。

ハムレット　ポーランドの本土を征服しようというのか、それとも、どこか国境の一部でも？

隊長　正直の話、名ばかりで、なんの利益もあがらぬ小っぽけな土地を争いに出かけるのです。たとえ地代をただ同様に廉（やす）くすると言われても、いや、本当にただでも、とても借りる気にはなれませぬ。ノールウェイ王にしてもポーランド王にしても、どちらにとっても同じこと、たとえ売りにだしてみたところで、てんで話になりますまい。

ハムレット　なるほど、その様子では、ポーランド側は戦わずして明けわたすというわけだな。

隊長　いや、どうして。厳重な防禦(ぼうぎょ)体勢を布(し)いております。

ハムレット　何千の命、何万の金をつぎこもうと、この藁(わら)しべほどの問題、とうてい解決できっこないのだ！　富み栄え、平和に倦(あ)きれば、かならずこのような腫物(はれもの)にとりつかれる。外からはなにも見えないが、中はすっかり膿(う)みただれていて、こうして人は命を落すのだ——いや、失礼、だいぶ手間どらせたな。

隊長　では、これで。（去る）

ローゼンクランツ　さ、まいりましょう、よろしゅうございますか？

ハムレット　すぐ追いつく。一足さきへ行ってくれ……（ローゼンクランツ、ギルデンスターン、その他、さきへ行く）見るもの聞くもの、おれを責め、鈍りがちな復讐心(ふくしゅうしん)に鞭(むち)をくれようというのか！　寝て食うだけ、生涯(しょうがい)それしか仕事がないとなったら、人間とは一体なんだ？　畜生とどこが違う。神から授かったこの窮(きわ)まりない理性の力。それあるがため、うしろを見、さきを見とおし、きっぱりした行動がとれる。この能力、神に近き頭脳のひらめき、それを使うな、かびでもはやせ。まさか、それが神意ではあるまい。それを、おれは、畜生の性(しょう)なしか、それとも、腰のきまらぬ小心者のつね、あまり物事を先の先まで考えすぎて身うごき出来ぬのか——ふむ、思慮というやつは、四分の一が智慧(ちえ)で、あとの四分の三は卑怯者(ひきょうもの)——おれにもわからない、「これだけはやってのけねば」と、ただ口さきだけで言い暮している自分の気もちが。名分も、意思も、力も、手だても、みんな揃っているというのに……それ、大地を蔽うほどの実例がおれの心を鞭うっている。あの兵士たちを見ろ。あの兵力、厖大な費用。それを率いる王子の水ぎわだった若々しさ。穢れのない大望に胸をふくらませ、歯を食いしばって未知の世界に飛びこんで行き、頼りない命を、みずから死と危険にさらす。それも、卵の殻ほどのくだらぬことに……いや、立派な行為というものには、もちろん、それだけの立派な名分がなければならぬはずだが、一身の面目にかかわるとなれば、たとえ藁しべ一本のためにも、あえて武器をとって立ってこそ、真に立派と言えよう。そういうおれはどうだ？ 父を殺され、母をけがされ、理性も感情も堪えがたい苦悩を強いられ、しかもそれをそっと眠らせてしまおうというのか？ 恥を知れ、あれが見えないのか。二万のつわものが、幻同然の名誉のために、まるで自分のねぐらにでも急ぐように、墓場に向って行進をつづけている。その、やつらのねらう小っぽけな土地は、あれだけの大軍を動かす余地もあるまい。戦死者を埋める墓地にもなるまい。ああ、今からは、どんな残忍なことでも恐れぬぞ。それが出来ぬくらいなら、どうともなれ！ （一同のあとを追う）

——数週間経過

〔第四幕 第五場〕

16

城内の一室 妃、貴婦人たちと一緒に登場、つづいてホレイショーと従臣。

妃 やはり会わないほうが。

従臣 どうしてもお目にかかりたいと申しております。すっかり狂乱のてい、はたで見る目もいじらしいほどでございます。

妃 どうしてくれというのか?

従臣 しきりに父親のことを申して。どうも怪しいことがあるらしいなどと言いちらし、変に咳ばらいをしたり、胸を打ったり、取るにたらないことに癇癪を起して、わけのわからぬことを口ばしっております。まったく、たわいのないことばかりではございますが、その形をなさぬ言葉も、聞くものの耳には、なにかと意味ありげに聞えるもの——てんでに当て推量いたしまして、めいめい都合のいいように解釈いたしております。意味のない目くばせ、うなずき、身ぶり、それを見れば、なにか蔭にありはしないか。いえ、もちろんはっきりしたことではありませぬが、深い悲しみが隠れているのではないかと思うのも、あながち無理とも申しかねます。

ホレイショー　とにかくお会いになったほうがよろしゅうございましょう。腹黒い連中には、どのような邪推の種をまかぬでもありますまい。

妃　では、ここへ。（従臣、去る。ひとりつぶやく）この病める胸には、罪あるもののつね、ささいなことも、なにか大きな禍(まが)ごとの先ぶれでもあろうかと。身におぼえがあれば、愚かな疑いに苦しめられて、顔に出すまいとすればするほど現われてしまうもの。

従臣、オフィーリアを伴って、はいってくる。オフィーリアは狂乱のてい。乱れた髪が肩にかかり、胸にリュートを抱きしめている。

オフィーリア　デンマークのお妃様はどこに？　美しいお妃様は？

妃　ああ、オフィーリア、その姿は？

オフィーリア　（歌う）

いかにせば　まことの恋人　見わけえん
杖(つえ)　わらじ　貝の形の　笠(かさ)かぶり

恋すれば　人目しのんで　通いきぬ
巡礼の　それ　その姿　いじらしく

妃　ああ、オフィーリア、その歌は、どういう意味なの？

オフィーリア　え、なあに？　いいのよ、聞いていて。（歌う）

そのひとも　今はあの世に　旅だちぬ
聞いてたも　今はあの世に　旅だちて
額には、　青草しげり　鳶(とび)の舞う
爪(つま)さきに　立てる墓石　声もなく

あ、はあ！

妃　なぜ、そんな、オフィーリア。

オフィーリア　聞いていてと言うのに。（歌う）

峰の雪　経帷子(きょうかたびら)の　白々と――

王がはいってくる。

妃　ああ、あれをごらんになって、かわいそうに。

オフィーリア（歌う）
とりどりの　花の飾りに　つつまれて
恋い慕う　涙の雨に　そぼぬれて
辿(たど)り行く　墓場の道の　迷い路(じ)の

王　オフィーリア、ぐあいはどうだな？

オフィーリア　ありがとうございます、おかげさまで！　梟(ふくろう)は、もとパン屋の娘だったのですってね。イエス様をだましたものだから、その罰(ばち)で姿を変えられてしまったらしいの。でも、私はそうではなくてよ、こんな姿になってしまったけれど。ねえ、王様。きょうはひとの身、あすはわが身、誰(だれ)もさきのことはわかりはしない……では、遠慮なくいただきます、イエス様！

王　父親のことを思っているらしい。

オフィーリア　お願いです、それはもうおっしゃらないで。でも、もし、どういうつもりか、きかれたら、こう言って……
あすは十四日　ヴァレンタイン様よ
夫婦(めおと)さだめの　吉日なれば
好いた男の　窓辺に立って

娘ごころに　願かけたれば
思いがけなや　さと戸が開いた
開いて閉(しま)って　閉って開いて
出てきた娘の　その胸のうち

王　かわいそうに！

オフィーリア　ああ、もう、どうでもいいの、早く終りにしましょうね――（歌う）

えい　もう　くやしい　ああ　なさけない
なんぼ男の　ならいじゃとても
そりゃ　あんまりな　えい　あんまりな
夫婦になると　言うたじゃないか
すると、相手の男が、こう言うの。
その気だったさ　ほんとの話
お前のほうから　忍んでこなきゃ

王　いつからああなのだ？

オフィーリア　きっと、何もかもうまく行ってよ。辛抱が肝腎(かんじん)。でも、私、どうしていいかわからない、ただ泣くだけ。だって、冷たい土のなかで眠っている人がいるのだもの。そのうち、お兄さまの耳にもはいるわ。ああ、ありがとうございました。いろいろ御親切に言っていただいて。さ、馬車を！　おやすみなさいまし、みなさま、おやすみなさいまし。ほんとに、おやすみなさいまし、おやすみ。（走り去る）

王　あとを。目を離さぬように。頼んだぞ。（ホレイショーその他、オフィーリアのあとを追って退場）よほど深い悲しみにそこなわれている、それもみんな父親の死から起ったことだ――ああもなるものか！　ガートルード、ガートルード、悲しみというやつは、いつもひとりではやってこない。かならず、あとから束になって押しよせてくるものだ。最初に、あれの父親が殺される。ついでハムレットが出て行く。あれはすべての張本人、自業自得といわれても、しかたはあるまい。国中のものが、ポローニアスの死について、なんのかのと臆測をたくましゅうし、けしからぬ噂をまきちらしているらしい――こちらのやりかたもまずかった。どさくさまぎれに死骸をかたづけてしまったのがいけなかったのだ――かわいそうなのはオフィーリア、すっかり気がちがってしまった。ああなれば、木偶も同然、いや、畜生となんの変りもない。そして最後に、それに劣らぬ大事が。ほかでもない、オフィーリアの兄がひそかにフランスからもどってきているのだが、父の死に疑いを懐いてか、姿を現わそうとしない。あらぬ噂をつぎこむ手あいには事かくまい。そうなれば、やつらはわからぬままに、この身を誹謗し、それが耳から耳へと伝わって行くのだ。おお、ガートルード、それが雨あられとこの身にふりかかり、やがては命を！（騒然たる物音が聞えてくる）

妃　あ、あの騒ぎは？

王　（大声で）おおい、誰か！（一人の従者がはいってくる）衛兵たちはどこにいる？戸口を固めさせろ。一体、何事だ？

従者　すぐにもお立ち退きを！荒波が堰を切って押し寄せ、大地をひとのみにせんばかりの勢い、レイアーティーズが暴徒の先頭に立ち、護衛のものどもを蹴ちらしてこちらへ。群衆はあの男を王と呼んでおります。あたかも新しい夜あけを迎えでもするように、一国の礎ともなるべき古き秩序も仕来りもかなぐりすてて、「おれたちで選ぼう、レイアーティーズを国王に！」と口々に叫び、帽子を投げ、手を打ちならし、天にもとどけとばかり「レイアーティーズを国王に、レイアーティーズを！」とわめきちらしております。（叫び声、ますます大きくなる）

妃　ああ、調子にのって、まるで見当ちがいなのに！獲物はここにいはしない。恩知らずの犬たち、デンマークの国民！

王　戸を破ったな！

レイアーティーズ、武装して飛びこんでくる。民衆がそのあとにつづく。

レイアーティーズ　国王はどこにいる？――みんな、外で待っていてくれ。

群衆　入れてくれ。

レイアーティーズ　頼む、ここは委せてくれ。

群衆　よし、そうしよう。（みんな出て行く）

レイアーティーズ　すまない。戸口は守っていてくれ。やい、極悪非道の国王、父をかえせ。

妃　レイアーティーズ、落ちついて。

レイアーティーズ　落ちついていられる血が一滴でも残っているなら、それこそおれは父なし子、当の親父はとんだ間ぬけ、貞淑だった母親の無垢の額を娼婦の烙印でけがそうと言うのか。（王と妃に迫る。妃がそれを遮る）

王　聞こう、レイアーティーズ。一体、何がもとで、そんな大それた反逆をたくらんだ？　ガートルード、放っておけ。なにも心配することはない。国王の身のまわりには天の加護がある。いかなる反逆者も手をふれることは出来ぬのだ。さ、レイアーティーズ、言ってみろ。なぜ、そのように興奮しているのだ――放してやれ、ガートルード——さ、答えたらどうだ。
レイアーティーズ 父はどこにいる？
王 死んだぞ。
妃 でも、王様のせいではない。
王 言いたいだけ、言わせてやれ。
レイアーティーズ どうして死んだのだ？ 言いくるめようとしてもだめだぞ。忠誠など、くそくらえ、君臣の誓いも悪魔にくれてやろう、良心も信仰も奈落に蹴おとしたぞ！ この身もどうなろうと構うことか。うむ、覚悟は出来ている。この世もあの世も知ったことではない。さあ、どうともなれ。復讐さえすればいいのだ、父親のために。あとへは退かぬぞ！
王 誰も、それをとめはしまい？
レイアーティーズ 誰がとめられるものか。たとえ力はなくとも、なんとでもして、最後までやりとげてみせるぞ。
王 レイアーティーズ、父親の死因について真相が知りたいというなら、それでいいのか、敵身方の差別なく、手あたりしだいになぎたおしてしまう、それで復讐の筋書が書けると思うのか？

レイアーティーズ　目ざすは父の敵だけだ。

王　それなら、それを知りたかろう？

レイアーティーズ　おお、身方と決ったからには、こうして腕をひろげて迎えいれよう。自分の生血をしぼって雛を育てるペリカンのように、どこまでも尽さずにおくものか。

王　うむ、それでこそよき息子、まことの貴族と言えよう。お前の父親の死については、この身になんのうしろぐらいところもない。それを悲しむ気もちは人後に落ちぬ。歴然たる事実なのだ、いずれ納得してもらえよう。

外の声　入れてやれ。

レイアーティーズ　どうしたのだ！　あの騒ぎは？　（そこへオフィーリアが花を手にしてもどってくる）おお、見てはいられぬ。熱でこの脳みそも干あがってしまえ！　からい涙で眼もただれてしまえ！　その狂気の怨み、思うぞんぶん晴らしてくれるぞ。五月の薔薇、かわいいおとめ、やさしい妹、おお、オフィーリア！　なんということだ、若い娘の理性が、老人の命さながら、こうまで脆いとは、どうしてそのような？　親を慕う情はまた格別、ついには、おのれのいちばん尊いものを投げすててまで、亡きものに殉じたくもなるのであろう。

オフィーリア　（歌う）
顔も隠さで　車にのせて
ヘイ・ノン・ノンニー　ノンニー　ヘイ・ノンニー
涙の雨に　墓石ぬれて――
さようなら、私のいいひと！

レイアーティーズ　お前が正気で仇（あだ）を討ってくれといっても、これほど胸にこたえはすまい。

オフィーリア　あなたも歌わなければだめ。「墓石ぬれて」さあ、あとをつけて。あなただって、あのお方が土の下になっていること、ごぞんじなのでしょう。あら、このふし、糸車にもよく調子が合うじゃないの！　主人の娘を盗んだのは、本当に悪いやつ、そこの家の傭人（やといにん）だったのよ。

レイアーティーズ　そんなたわいのない言葉が、かえって辛（つら）いのだ。

オフィーリア　（レイアーティーズに）これがまんねんろう、あたしを忘れないように――ね、お願い、いつまでも――お次が、三色すみれ、ものを思えという意味。

レイアーティーズ　狂気にも教訓があるのか。ものを思うて忘れるなというのだな。

オフィーリア　（王に）あなたにはおべっかのういきょう、それから、いやらしいおだまき草。（妃に）あなたには昔を悔いるヘンルーダ。あたしにもすこし。これは安息日の恵み草ともいうの――あら、だから、あなたとは意味がちがうわね。まだひな菊があるわ。でも、あなたには忠実なすみれをあげたかった。それなのに、こんなに萎(しお)れてしまって。お父様が亡くなったからよ――いい御最期(ごさいご)だったのですってねえ――（歌う）

　いとしいロビン様　あたしの命――

レイアーティーズ　憂(うれ)いも悩みも苦しみも、地獄の恐ろしさまでもが、あれの心のなかでは、みんな楽しいものになってしまうのだ。

オフィーリア（歌う）

　二度ともどって　来(こ)ぬかいな？
　二度ともどって　来ぬかいな？
　なんでもどろか　亡き人の
　帰らぬ旅路　待つよりは
　いっそわが身を　捨てやんせ
　雪のおひげも　いまはなく
　麻の白髪(しらが)も　いまはなく

かいなき涙　ぬぐいつつ
どうぞあの世で　しあわせに！――

それから、みなさんも、どうぞおしあわせに。さようなら。（去る）

王　レイアーティーズ、見たか、あれを？

レイアーティーズ　そのお前の悲しみ、この身も共に分けになおう。拒む理由はないはず。さあ、奥へ、だれでもいい、もののわかる友だちに立ちあってもらって、おたがいの言いぶんを判断してもらおう。今度の事件、直接間接を問わず、少しでもかかわりがあるとなれば、この領土をくれてやろう、王冠もやる、命もやる、それでお前の気もちがすむなら、なんでも取らせるぞ。が、もし、この身に罪がないと納得したら、こちらの言うことに耳をかしてもらいたい。思うぞんぶん怨みがはらせるよう、こちらも手を貸そう。

レイアーティーズ　よろしい、そうしましょう。父の死の実情、のみならず、あの隠密の葬儀、その墓には兜も剣も紋章もなく、表むきの儀式も行わなかったという。これでは怨みも山と積り、悲しい呻き声をあげずにはすまされますまい。真相を突きとめずにいられましょうか。

王　そうするがいい。罪のあるところには、断乎、懲罰の斧をふるうことだ。さ、い

っしょに、奥へ。（二人、退場）

17　〔第四幕 第六場〕

前場と同じ　ホレイショー、その他。

ホレイショー　会いたいというのは？

従者　船乗りたちでございます。手紙を持参しているとか。

ホレイショー　お通しいただこう。（従者退場）外国から便りをもらうあてはないが、ハムレット様からでもなければ。

従者が船乗り数名を案内してくる。

船乗り　お初にお目にかかります。

ホレイショー　ようこそ。

船乗り　そうおっしゃっていただければ、まことにありがたいしあわせで。この手紙

〔IV－6〕17

をことづかってまいりました。イギリスへいらっしゃるお使いのかたに頼まれましたので。ホレイショー様とおっしゃるのでございましょう？　それならよろしいので。

ホレイショー（手紙を読む）「ホレイショー、この手紙、読み終ったら、この連中をすぐ国王にとりついでもらいたい、国王あての手紙を持たせておいた……港を出て二日もたたぬうち、武装した海賊船にねらわれた。こちらは船足が遅く、どうせ逃げられぬと観念して、逆に敵船に迫り、舷々相摩し、たがいにもみあううち、自分は身をおどらせて海賊船に乗り移った。それきり海賊船はわれわれの船から離れてしまったので、どうやらこの身ひとりが虜になった恰好だ。しかし義賊よろしく、すこぶる大事にしてくれる。そうしておけば、やがて得になろうと心得ての話だ。ところで連中に持たせた手紙だが、それを国王にとりついだら、出来るだけ早く来てもらいたい。いろいろ話があるのだ。聞けば、さぞ驚くであろう。もっとも、ことの重大さに較べれば、どんな言葉も及ばぬだろうが。この使いの者たちの手引ですぐにもお目にかかれよう。ローゼンクランツとギルデンスターンは、いまイギリスへの航海をつづけている――二人のことでも、話したいことがある。では、また。無二の親友ハムレット」。さ、持参の手紙、国王の手に渡るよう、おはからいしよう。そのあとで、この差出人のところへ、急いで案内してもらいたい。（一同、去る）

18

前場と同じ　王とレイアーティーズがもどってくる。

王　さあ、もう、この身の無実、わかってくれてもよかろう。そうなれば、身方だ。わかってくれたろうな。くどいようだが、お前の父親を殺した男が、このわしの命もねらっているのだ。

レイアーティーズ　どうやら納得いたしました。しかし、なぜそのような恐るべき大罪を、そのまま打ちすてておかれたのか。御身の安全、御稜威（みいつ）、叡慮（えいりょ）、その他（ほか）どの点から考えましても、ゆるがせにできぬ大事と心得ますが。

王　おお、その理由は二つある。つまらぬ顧慮と思うかもしれぬが、この身にとっては、はなはだ重大な理由なのだ。母親の妃（きさき）にしてみれば、あれの一喜一憂がそのまま日々の生きがい。また、良し悪し（よしあし）はともあれ、その妃こそ、この身にとって命そのもの。星はおのれの軌道を離れられぬ。いまのわしも妃なくしては生きられぬのだ。罪を表だって糾明できぬもうひとつの理由というのは、ほかでもない、あれは民衆に愛されているのだ。欠点であろうがなんであろうが、ひとたびその人気という化石の泉に浸すと、唯の木片が輝かしい石と変じる、あれのばあい、足に結びつけられた鎖までもが、なにか飾りに見えてくるらしい。してみれば、うっかり放ったへなへな矢など、世間の強い風に煽られて、相手にとどくどころか、へたをすれば、弓もつわが身を傷つけかねぬのだ。

レイアーティーズ　おかげで父を失い、妹もあのようにみじめな姿に。今さら、いくら賞めても取りかえしはつきませぬが、妹は、いつの世にも恥じぬ美徳の持主、一点、非の打ちどころのない女でございました。うむ、この敵、かならず討ってみせましょう。

王　といって、あまり思いつめぬがよい。この身とて、まさか、自分の倉に火がついているのを、のんきに見物しているほど愚かものでもない。いずれ詳しく話そう。わしはお前の父親を愛していた。そして王たるもの、またわが身を愛さねばならぬのだ。といえば、およそ察しはつこう――

　　そこへ使者がはいってくる。

王　どうした！　何事だ？

使者　ハムレット様から、お手紙で。これは王様に。それから、お妃様にこれを。

王　ハムレットから！　誰（だれ）が持ってきたのだ？

使者　船乗り、だそうでございます。いえ、会ったわけではございませんが、クローディオが受けとりまして。

王　レイアーティーズ、読むから聴いてくれ……退（さが）ってよい。（使者、退場。王、手紙を読む）「一筆申しあげます。着のみ着のままにて、ただいま、御領内に上陸いたしました。明日、拝顔の栄を賜わりたく、まずはあらかじめお願いに及ぶ次第。いずれその節、突如帰国の不可思議なる因縁話（いんねんばなし）、逐一言上申しあげます。ハムレット」これは一体どういうわけだ？　ほかの連中も一緒か？　それとも、全くでたらめの偽（にせ）手紙では？

レイアーティーズ　筆蹟（ひっせき）はごぞんじで？

王　これはハムレットの字だ――「着のみ着のまま」……追伸に「ひとりで」とある。なにか思いあたることは？

レイアーティーズ　まったく見当がつきませぬ。が、帰って来るがいい！　そうなれば、心の憂（う）さも晴れる。面と向って言ってやれるのだ、「きさまの仕業か」と。

王　レイアーティーズ、それが本当なら――だが、どうしてそんなことが？　いや、やはり？――うむ、頼みがある、きいてもらえぬか？

レイアーティーズ　は、なんなりとも。まさか穏やかに事をすませろなどと、無理はおっしゃいますまい。

王　お前の胸に穏やかさを、そう思えばこそだ。あれが帰って来たというのが本当なら、どういう風の吹きまわしか知らぬが、とにかくもう一度出かける気がないとなれば、じつは前々から考えていた謀りごとがあるのだが、ひとつそれにあれを引掛けてみよう。どうあがこうと、むだだ。命はない。もちろん、世間のそしりは封じられるようにしてある。それどころか、母親さえ勘づくまい。不慮の出来事と思うに決っている。

レイアーティーズ　わかりました。お言いつけどおりにいたしましょう。むしろ手足に使っていただきとうぞんじます。

王　なによりだ。じつは、お前が旅に出て以来、だいぶ評判なのだが、ハムレットの耳にもはいっていよう、それ、お得意の芸だ。ハムレットは妬んでいるぞ。お前の他の長所を全部かぞえあげて見せても、あれほどむきにはなるまい。なにもそれほどのこととは思えぬのだが。

レイアーティーズ　その、芸と申しますのは？

王　まあ、若者の帽子を飾るリボンのようなもの。が、無しではすまされぬ。若者には軽快でくだけた服装が似あうらしい。年寄りには貂の毛皮のほうが喜ばれるようなものか、身分や貫禄が誇示出来るからな。二箇月ばかりまえから、ノルマンディーの男が来ている――今まで、ずいぶんフランス人には会っているし、敵にまわして戦ってもきたが、じじつ、あの連中の馬術は相当なもの――しかし、この男は特別だ。人間わざとは思えぬ鮮やかさ。まるで馬の背に根をはやしてしまったように見える。人馬一体、鞍上人なく鞍下に馬なしとは、まさにあれのこと、驚歎すべき達人だ。その数々の妙技も、この目で見るまでは、到底、思いもおよばなかった。

レイアーティーズ　ノルマンディーの男、とおっしゃいましたな？

王　ノルマンディーの男だ。

レイアーティーズ　きっとラモードに違いありません。

王　そうだ、そのとおりだ。

レイアーティーズ　よくぞんじております。あの男ならフランスの花とも誇りともいうべき名人でございましょう。

王　その男も、お前の腕には、さすがに頭をさげていた。大した讃めようだったぞ。

ことに細身がすばらしいそうではないか。お前の相手が出来るものがいたら、お目にかかりたいとまで言っていた。フランスの剣客も、お前にあうと、動きも構えもなっていない、目もきかなくなるということだな。それをハムレットが聞いて、すっかり嫉妬のとりこになり、お前がなんとかして一日でも早く帰って来ぬものか、ぜひ一勝負したいと、そればかり言い暮していた。さて、そこでだ——

レイアーティーズ　それから、なんでございます？

王　レイアーティーズ、お前にとって、父親は本当にかけがえのないものだったのか？　それとも、悲しみは見せかけ、心と顔は別物とでも言うのか？

レイアーティーズ　なぜ、そのようなことを？

王　もちろん、父親を愛していなかったなどと言うつもりはない。が、愛情にも潮時というものがある。いろいろ見聞きしてきたが、愛情の火花も時に支配されるもの。情熱の焔のなかには、一種のしんのようなものがあって、それがまた火勢を衰えさせもする。いかなる善も、つねに並みの高さを維持できはしない。かならず度をすごし、豊穣のうちに崩れ去るのが常。なすべきことは、思いたったときに、してしまうにかぎる。その一旦「思いたった」気もちというやつが、すでに曲者、あてにはならぬのだ。さらでも、世間には、うるさい口というものがある。おせっかいな手があり、思いもかけぬ横槍が出る。気が変ったり、遅れがちになったりする。そのため、「なすべきこと」とはいうものの、所詮は、血を涸らす溜息の連発に終るだけ、それで気は楽になろうが、いずれは身をそこなうもとともなろう。ところで、肝腎の問題だが――ハムレットが帰ってくる。で、お前はどうするつもりだ？　人の子として、たんに口さきだけでなく、はっきりした行動に出ねばなるまいが？

レイアーティーズ　たとえ教会のなかであろうと、構うことはない、あいつののどをかっさばいてやりましょう。

王　場所により、殺人の罪が認められようはずもあるまい。なるほど、復讐は場所柄をわきまえぬ。それはそうだが、レイアーティーズ、こうしてはくれぬか。ひとつお前は家に閉じこもっていてもらいたい。ハムレットが帰ってきたら、早速、お前の帰国を知らせてやろう。そしてその腕前を口々に讃めそやさせ、フランス人のあいだの評判に輪をかけて持ちあげる。結果は、二人の勝負というところまでもっていって、それぞれに賭けをする。あの男は無頓着で、鷹揚で、勘ぐりということを知らぬたちだ。剣もろくにあらためはしまい。わけもないこと、いや、ちょっとした細工をしておいてもよいが、とにかくお前のほうは先どめのない剣を採るのだ。そうすれば、もうこちらのもの、ただの一突き、みごと父親の仇が討てる。

〔IV－7〕18

レイアーティーズ　やりましょう。そうなれば、あらかじめ剣に薬を塗っておきます。じつはあるいかさま師から毒を手に入れております。それに浸したナイフの切っさきに、ちょっとでも触れようものなら、もう助かりません。どんな薬草から採った薬でも、もはや手のほどこしようもありますまい、それほどの猛毒。これを剣の先に塗っておけば、ほんのわずかのかすり傷でも、命はありませぬ。

王　うむ、それはそれとして、もうすこし考えてみよう。このもくろみを実行にうつすには、いつ、どういう手順でやったらいいか、よくよく案を練ってみなければならぬ。もしやりそこなったら、それも下手をして露顕するくらいなら、はじめから手をつけぬほうがましだ。そういうことのないように、万一その手でうまく行かなかったばあい、二の矢を用意しておけばいい。待て、そうだ、こうしよう、賭けは賭けとして、それはあくまで公正なものにしておく——うむ、それにかぎる！　いいか、たがいに斬り結ぶうち、どうしてものどが乾く。そうなるように、せいぜい激しくやってもらうのだ。あいつは飲みものをほしがるだろう。それにそなえて杯を用意しておく。それを一口なめたら最後、たとえ毒の剣をのがれても、一難去ってまた一難、かならずうまく仕とめられよう……待ってくれ、あれは？

妃が泣きながら、はいってくる。

妃　ああ、悲しみが次から次へ、踵を接して。レイアーティーズ、オフィーリアが溺れて。

レイアーティーズ　溺れて！　そりゃ、どこで？

妃　小川のふちに柳の木が、白い葉裏を流れにうつして、斜めにひっそり立っている。オフィーリアはその細枝に、きんぽうげ、いらくさ、ひな菊などを巻きつけ、それに、口さがない羊飼いたちがいやらしい名で呼んでいる紫蘭を、無垢な娘たちのあいだでは死人の指と呼びならわしているあの紫蘭をそえて。そうして、オフィーリアはきれいな花環をつくり、その花の冠を、しだれた枝にかけようとして、よじのぼった折も折、意地わるく枝はぽきりと折れ、花環もろとも流れのうえに。すそがひろがり、まるで人魚のように川面をただよいながら、祈りの歌を口ずさんでいたという、死の迫るのも知らぬげに、水に生い水になずんだ生物さながら。ああ、それもつかの間、ふくらんだすそはたちまち水を吸い、美しい歌声をもぎとるように、あの憐れな牲えを、川底の泥のなかにひきずりこんでしまって。それきり、あとには何も。

レイアーティーズ　ああ。では、そのまま溺れて？

妃　溺れて、ええ、溺れて。

レイアーティーズ　オフィーリア、かわいそうに、このうえ水はたくさんだろう。涙はこぼすまい。だが、無理な話だ、人情はどうすることも出来はせぬ。人はなんとでも言うがいい――涙が出きってしまえば、この女々しさにもおさらば出来よう……では、いずれ！　火と燃える思いも、この涙で打ち消され、今はなにも申しあげられませぬ。（去る）

王　ガートルード、あのまま放ってはおけぬ。あれの憤りを鎮めるのに、ひどく骨を折ったぞ！　あの調子では、またぶりかえさぬともかぎらぬ。さ、行こう。（レイアーティーズのあとを追う）

19　〔第五幕　第一場〕

墓場　新しく掘られた墓穴。いちいの木立が数本。入口が見える。
二人の道化役（墓掘り）鋤と鶴はしをもって、はいってくる。すぐ仕事にかかる。

第一の道化　こうしてクリスト教の葬式が出来るものかね、手前で勝手にくたばりや

19〔V－1〕

がってよ？

第二の道化　出来るってことよ。だから、さっさと掘ってやればいいんだ。役人が検分して、それでいいって言ったんだからな。

第一の道化　どうしてそうなるんだい。身を衛(まも)るため、しょうことなしに跳びこんだというわけでもあるまい？

第二の道化　でも、それでいいということになったんだよ。

第一の道化　「正当暴言」のときでなければ、いけないはずだがな。いいか、こういうことさ。もしおれがだよ、自分で合点だと跳びこんでみな、それは行為というものだ。行為というものには、三つの順序がある。つまり、する、なす、おこなう――かるがゆえにだ、この女は自分で合点のうえ跳びこんだということになる。

第二の道化　ちょっと待った。

第一の道化　おれの言うこと、おとなしく聴いていろよ。うん、ここに水がある――よしと。ここに人間が突っ立っている――よしと。いいか、この人間がだ、そっちの水のとこまで歩いて行ってだ、どぶんと飛びこめばだな、これは、なんと言おうと、自分のほうから出かけて行ったということにならあ、そうだろうが。しかしだ、もしこの水のほうがだ、その人間のところまで出かけて行って、そいつを沈めてしまったということになれば、それは、身なげとは言えない――かるがゆえにだ、おのれの死に責任なき者は、おのれの命を殺したるにあらずということになる。

第二の道化　でもよ、それが法律というものかよ？

第一の道化　そうよ、決っていらあな。それが役人の検死のときの法律よ。

第二の道化　本当のこと言ってやろうか？　もしも、この女の身分がよくなかったら、クリスト教の葬式は出来なかったろうぜ。

第一の道化　よう、言いやがったな。まったくだ。第一、おもしろくないよな。家柄が良いっていうと、平民のクリスト教徒より、身なげや首つりにも都合よく出来ているんだから……さて、始めるか！　ちゃんとした家はな、先祖はみんな植木屋か溝さらいか墓掘りだったんだ――アダムの商売を受けついでな。（掘った穴のなかに降りる）

第二の道化　アダムというのは、そんなに家柄が良かったのかい？

第一の道化　あたりまえよ、いちばん最初の物持ちだったのさ。

第二の道化　うそを言え、アダムが物なんかもっているものか。

第一の道化　おや、きさまクリスト教徒じゃないのか？　聖書を読んだかい？　聖書にちゃんと書いてあるだろう。「アダムは掘った」ってな。掘る物がなくて掘れるかよ？　よし、もう一つきいてやろう。まっすぐ答えられないようなら、ま、首でも洗って——

第二の道化　縁起でもない。

第一の道化　石屋や大工より、もっと頑丈（がんじょう）なものこしらえる商売はなんだか言ってみな。

第二の道化　首つり台つくるやつだ。そうじゃねえか、これなら店子（たなこ）が千人変ってもびくともしないからな。

第一の道化　お前も相当やるな。首つり台はよかった——ところで、どう良いんだ？　ろくでもないやつには役にたつというわけだろう。だがな、首つり台のほうが教会よりしっかりしている、なんてことを言いだすようじゃ、お前もろくな目にあわないぞ——かるがゆえに、首つり台はお前のためにも役にたつというようなことにもなりかねないな。さ、やりなおしだ。

第二の道化　「石屋より大工より、もっと頑丈なものをこしらえる商売」と？

第一の道化　そのとおり、さっさと答えて、肩の荷おろしたらどうだ。

第二の道化　しめた、わかったぞ。

第一の道化　さ、答えた。

第二の道化　ちぇっ、わからないや。

第一の道化　ま、あんまり無い智慧しぼって考えるな。駄馬のけつをひっぱたいてもはじまらないや。いいか、今度、そうきかれたらな、「墓掘り」って答えるんだ。墓掘りのつくる家は、最後の審判までもつからな。さ、ヨーンとこまで一走り、酒を一瓶とってこないか。（第二の道化、出て行く）

船乗り姿のハムレット、ホレイショーといっしょに現われる。

第一の道化　（墓を掘りながら歌う）

色の恋のと　そのころにゃ
夢をうつつの　花の下
散れば浮き世の　それ　風が
はくしょい　これじゃ　えい　ひきあわぬ

ハムレット　この男、自分のしていることに、なんの意識ももっていないとみえる。墓を掘りながら鼻唄うたっているではないか？

ホレイショー　こういうことも慣れてしまえば、日常茶飯事になるのでございましょう。

ハムレット　そうらしい。使わない手ほど敏感だからな。

第一の道化（歌う）

寄る年波に　さらわれて
いつのまにやら　春遠く
打ちあげられた　北の国
こんなやくざじゃ　なかったが（頭蓋骨を抛りだす）

ハムレット　あの頭蓋骨にも舌があったのだ。昔はそれで歌もうたったのに！　ひどいやつだ、地面にたたきつけるとは！　人殺しのカインは驢馬の腭骨で弟を打ち殺したそうだが、まるでそれだな。こいつだって、生きていたときは政治家だったかもしれないぞ。それが今では、こんな驢馬みたいなぐずに、いいようにあしらわれている。神の裏をかくほどの策士でもな。いや、本当にそうだったかもしれぬではないか？

ホレイショー　なるほど、そういうことも。

ハムレット　それとも廷臣だったかな。「おお、お早うございます！　御機嫌はいかがですかな？」などと毎日やっていたのだろう。よくあるやつ、何がし殿の持馬がほしくなって、それをやたらにほめそやした何がし殿、だったかもしれぬぞ。

ホレイショー　そう。

ハムレット　うむ、きっとそうだ。それが、今では、蛆虫（うじむし）の思いもの、腭をなくして、墓掘りの鋤で頭蓋骨を小突かれる。考えてみれば、これほどみごとな変化もあるまい！　まさか子供の根（ね）っ木（き）あそびの道具になるために生きてきたわけでもなかろうに？　考えているうちに、骨がぎしぎし痛むような気がしてきた。

第一の道化（歌う）

鶴はし一丁　鋤一本
経帷子（きょうかたびら）も　無きゃならぬ
穴ぼこ掘って　わびずまい
こんなお客にゃ　もってこい（また頭蓋骨を抛りだす）

ハムレット　またか。今度のは法律家の頭かもしれないぞ。お得意の詭弁（きべん）や弁舌はどこへ行ってしまったのだ？　その訴訟は、所有権は、謀略は？　こんな下賤（げせん）なやつに小突きまわされ、泥（どろ）のシャベルで脳天をどやされて、よく黙っているな。それでも暴行罪の訴訟を起さないのか？（頭蓋骨を手にして）ふむ！　こいつ、この世にいたころは、土地をしこたま買い漁（あさ）ったかもしれぬ、借金の証文、所有者名義の変更手続、二重証人、その他ありとあらゆる手を使ってな。で、その裁判の判決が、証人もくそもない、とんだ名義変更だ。とどのつまり、こうして頭のなかに、悪賢い脳みそのかわりに泥土を一杯つめこまれたというわけか？ こいつの証人たちは何をしているのだ？ 例の二重証人も、やつの手に入れたものは、割印だらけの証書一式だけだと証言するしか能はないのか？ こんな容れものでは、やつの土地譲渡の証書だけでも納まるまい？ （そう言いながら頭蓋骨をたたく） それに、その土地をふんだくった当人が、もうこれ以外に何ももってはいまいからな？

ホレイショー　全く、文字どおり無一物でしょうな。

ハムレット　証文は羊の皮で出来ているのだろう？

ホレイショー　そうです。小牛の皮も使いますが。

ハムレット　そういうものを頼りにしている連中も、やはり羊や小牛の仲間だ。ひとつこの男に話しかけてみよう……（前へ出て）誰の墓だ、これは？

第一の道化　あたしのでさ——

　穴ぼこ掘って　わびずまい
　こんなお客にゃ　もってこい

ハムレット　なるほどお前のには違いない。自分でつくった穴だからな。

第一の道化　旦那は外につくねんと突っ立っている。だから旦那のじゃない。ところでだ、こちとら、嘘(うそ)ついて罪つくる気はないがだ、とにかく、この穴は、あたしのでさあ。

ハムレット　それこそ、穴をつくって、嘘をつくというやつだ。墓というものは、死人をおさめるところで、生きたやつのはいるところではない――それ、お前は嘘つきの罪つくり。

第一の道化　かなわない、つくづく返答に窮しやした。さ、今度は、旦那の番ですぜ。

ハムレット　一体、誰の墓なのだ、感心は感心だが、そうして人のために墓穴を掘ってやろうというのは？

第一の道化　野郎のじゃない。

ハムレット　では、女郎(めろう)のか？

第一の道化　でもない。

ハムレット　誰の葬式なのだ？

第一の道化　生きていたときは女郎だったが、かわいそうに今では死人だ。

ハムレット　手に負えぬやつだ！　注意して喋(しゃべ)らなければいけない。うっかりしたことを言うと、すぐ打ちこまれる。じつは、ホレイショー、ここ三年、ときどき見聞きするのだが、世の中がせちからくなったせいか、百姓の爪(つま)さきが貴族の踵(かかと)にぶつかって、その霜やけを疼(うず)かせている……墓掘りになってから何年になるな？

第一の道化　その日をつらつらおもんみるにだ、まえの王様のハムレット様がフォーティンブラスを負かした、忘れもしない、その当日でさあ。

ハムレット　それから何年たつ？

第一の道化　それがわからないんですかい？　どんな間ぬけでも知っていまさあ。王子様が生れた日だ。それ、気がちがって、イギリスへ追っぱらわれたハムレット様がよ。

ハムレット　なるほどそうだ。で、どうして王子はイギリスへ追っぱらわれたのだろう？

第一の道化　どうしてといって、それ、気がちがったからでさあ。あそこなら正気になる。もっとも癒(なお)らなくたって、あそこじゃ平気だがね。

ハムレット　どうして？

第一の道化　あそこなら人目はひかない、あたりがみんな気ちがいだからね。

ハムレット　王子はなぜ気ちがいになったのだ？

第一の道化　そこが、しごくおかしいという噂(うわさ)でさあ。

ハムレット　どうおかしいんだ？

第一の道化　決ってらあな。気が変になったからでしょうが。
ハムレット　だから、その理由はどこに？
第一の道化　どこって、ここさ、デンマークでよ、こちとら、もう三十年、がきの時分からここで墓掘りやっているんでさあ。
ハムレット　死骸というものは、腐るまでどのくらいかかるものだな？
第一の道化　そうさな、生きているときから腐ってさえいなけりゃ、というのは、このごろは瘡(かさ)かきの死骸が多うござんしてね、こいつはとても永もちしない。まあ、ふつう八、九年というところかな。革屋なら九年は大丈夫でさあ。
ハムレット　どうして革屋はもつのだ？
第一の道化　そこは商売、やつらの皮は十分なめしてあるんで、水をはじくんでさ。その水ってやつが死骸をやけに腐らせやがるんでね。それ、またあった。これでもう二十三年、土のなかにもぐっている。
ハムレット　誰のだ？
第一の道化　とんだ気ちがい野郎のだ。誰のだと思うね？
ハムレット　知るものか。
第一の道化　疫病(えきびょう)にでもとりつかれればいい、気ちがいめ！　こいつ、おれの頭に葡(ぶ)

萄酒を一本ぶっかけやがった。旦那、このしゃれこうべがね、それ、ヨーリックのやつですよ、王様の道化だった。

ハムレット　これが？

第一の道化　そうよ。

ハムレット　ちょっと見せてくれ。(頭蓋骨を受けとり) かわいそうに、ヨーリックか！　それなら、よく知っている、ホレイショー――際限もなく、のべつ幕なしに気のきいた洒落を言う男だったが。そのころ始終、おぶってもらったものだ。が、この姿を見ては、思ってもぞっとする！　胸が悪くなる……この辺に脣が垂れさがっていたのだな、よく接吻したものだ。おい、ヨーリック、お前のあの皮肉な文句はどこへ行ってしまったのだ？　あの道化踊りは、歌は、陽気な洒落は？　あたりのものをどっと笑わせたものだが。この歯をむいた見っともない面に一矢むくいる皮肉でも、一丁どうだ？　すっかり腭がはずれてしまったというわけか？　さ、その面で、女房連のお部屋へ押しかけて行って、どんなに厚化粧あそばしても、所詮はかかるお姿に、そう言って笑わせて来い……そうだ、ホレイショー、ひとつききたいことがある。

ホレイショー　とおっしゃるのは？

ハムレット　アレグザンダ大王も、地のなかでは、やはりこのような恰好をしていたのかな？

ホレイショー　もちろん。

ハムレット　このいやな臭いでか？　ぷっ！（頭蓋骨を下に置く）

ホレイショー　決っております。

ハムレット　御同様、みんな土にかえれば、どう扱われるか知れたものではない！アレグザンダ大王の貴い塵のゆくえを辿って行ったら、それが案外、酒樽の栓になっていたなどという話もないではあるまい？

ホレイショー　それはまた、お考えすぎと申すもの。

ハムレット　いや、そうなのだ、少しも考えすぎではない。ごく地道に道理の糸を辿って行けば、どうもそういうことになりそうだ。つまりこうなる――アレグザンダ大王が死ぬ、そして埋められる、ついで塵と化す。塵は土だ。その土から、粘土がとれる。となれば、このアレグザンダ大王化身の粘土で、ビールの樽の栓を作らぬともかぎるまい？

帝王シーザーも死しては土と化し
風ふせがんとして穴を埋む
嘗っては天下を睥睨せしかの土塊

今は破れし壁を繕い寒風を避く

しっ！　静かに！　向うへ行っていよう——王が来る、妃(きさき)も一緒だ、廷臣たちも。

行列が墓場にはいってくる。無蓋(むがい)の棺に入れたオフィーリアの死骸(しがい)。つづいてレイアーティーズ、王、妃、廷臣たち。法衣(ほうえ)をまとった僧。

ハムレット　一体誰の葬式だ。ああしてみんなが、それもろくに儀式もともなわずに？　どうやら、われから命を絶ったものらしい。かなりの身分だったのだな。しばらく隠れて様子を見ていよう。（二人ともいちいの下にかがむ）

レイアーティーズ　儀式はこれだけですか？

ハムレット　レイアーティーズだ。立派な若者だ——見ていよう。

レイアーティーズ　これだけですか？

牧師　教会の許すかぎり、せいぜい鄭重(ていちょう)にとりおこないました。死因に怪しいふしがあり、国王の特命なくば、教会墓地に埋葬されるなどとはもってのほか、最後の審判のその日まで打ち棄(す)てておかれましょうぞ。慈悲のこもった祈りのかわりに、石や瓦(かわら)や瀬戸物のかけらなど投げつけられるのが落ち。それを、こうして、おとめにふさわ

〔V－1〕19

しゅう、花を投げいれ、花環で飾り、鐘を鳴らして、弔うておる、いわば格別の計らいですぞ。

レイアーティーズ　どうしてもこれ以上は？

牧師　許されませぬ！　心やすらかにこの世を去ったもの同様に、ミサを歌い、死後の平穏を祈ったりしては、かえって葬儀の神聖を穢すもの。

レイアーティーズ　亡骸を埋めろ！　その穢れのない美しい体から、すみれの花を咲かせてくれ！（棺が墓穴のなかにおろされる）おい、情けしらずの坊主、きさまが地獄でのたうちまわっているとき、おれの妹は天上で天使になっていようぞ。

ハムレット　なに、オフィーリア！

妃（花をまきちらしながら）美しいものには美しい花を。さようなら！　ハムレットの妻になってくれたらと念じておりました。新床を花で飾ろうと思うていたのに、その花を、こうして墓に。

レイアーティーズ　ああ、この何層倍もの禍いが、あいつの頭上にふりかかるがいい。呪っても呪いきれぬ畜生！　あいつのおかげで、お前は気が狂ってしまった！　待て、もう一度この胸に抱きしめたい。（墓穴のなかに跳びこむ）さあ、生者もろとも埋めてくれ。どんどん土を投げこめ。あのピーリオンの峰にも、雲のうえにそびえたつオリンパスの山頂にも劣らぬほど、堆高く積みあげるがいい。

ハムレット　（姿を現わし）何事だ、その仰々しい歎きようは？　その泣きごとには、空をめぐる星も呆れて立ちどまろうぞ。おお、デンマークのハムレットだ。（墓穴に跳びこむ）

レイアーティーズ　（ハムレットにつかみかかり）畜生、悪魔に食われてしまえ！

ハムレット　なにを言う。のどの手を放せ。おれは怒りっぽくも乱暴でもないが、いざとなれば、何をするかわからないぞ。気をつけるがいい。手を放せ。

王　二人を引きわけろ。

妃　ハムレット、ハムレット！

一同　お二人とも！

ホレイショー　ハムレット様、お心しずかに。

　廷臣たちが二人を引きわける。二人とも墓穴から出る。

ハムレット　待て、これだけは黙って引きこめぬ、おれの目の黒いうちは。

妃　ハムレット、何をそんなに？

ハムレット　オフィーリアを想(おも)う心の深さ、実の兄が何人集まろうと、引けはとらぬ……オフィーリアのために、きさま、何が出来るというのだ？

王　レイアーティーズ、相手は気ちがいだ。

妃　お願い、がまんして。

ハムレット　ええい、何をしたいのか、はっきり言ったらどうだ。泣きたいのか？　喧嘩(けんか)を売ろうというのか？　精進潔斎(しょうじんけっさい)、断食でもしようというのか？　それとも、その着ている服を引きちぎってしまいたいのか？　涙を誘う酢を飲み、空涙を流す鰐(わに)を食おうとでもいうのか？　おお、そんなことなら、おれだってやってみせる。めそめそするために、やってきたのか？　妹の墓穴に跳びこんで、ハムレットに厭(いや)がらせをしてやろうという気か？　さっさと生き埋めになったらいい。そうなれば、おれも一緒だ。山のなんのとほざくなら、もろともに土を浴びよう。デンマーク中の土をこの頭上に浴びせかけろ。盛りあげた土の頂が燃ゆる日輪を摩し、焼けただれるほどに！　オッサの高峰も大地のいぼとしか見えぬほどに！　ふん、きさまが大口たたくなら、こちらだって負けずにいくらでもわめきたててやるぞ。

妃　みんな狂気ゆえ。いつもあのように、発作に襲われると、しばらくはああして。でも、すぐ納まります。まるで牝鳩(めばと)が金色の雛(ひな)を孵(かえ)すときのように、じっと黙りこくってしまう。

ハムレット　そうだ、どうしてこのハムレットにあのような態度を？　これほどの友情がわかってくれないのか。いや、そんなことはどうでもいい。まあ、ハーキュリーズ君、今のうち、せいぜい威ばっておくことだ。そのうち犬猫同然のハムレットにも、御挨拶申しあげるときがこよう。（去る）

王　頼む、ホレイショー、面倒を見てやってくれ……（ホレイショー、あとを追う。王はレイアーティーズにそっとささやく）がまんしてくれ。昨夜の話、まさか忘れはしまい。すぐにも事をすすめよう……ガートルード、ハムレットには監視が必要だぞ。この墓には記念碑が要るな。いずれ平穏の日が訪れよう。それまでは、慎重に事を運ばねばならぬ。（一同退場）

〔第五幕　第二場〕

20

城内、広間　椅子、テーブルなどが並べてある。

ハムレットとホレイショーとが話しながら登場。

ハムレット　それはそれとして、まだあるのだ――前後の話はおぼえていような？

ホレイショー　もちろんですとも。

ハムレット　苦しかった、夜も眠れぬほどだった――船長に謀反(むほん)して足枷(あしかせ)をはめられた水夫にしても、あれほどみじめな気もちにはなるまい。向う見ずな話さ――が、向う見ずも、こうなれば立派なものだ。無分別も時には役にたつ。考えに考えたもくろみも水泡(すいほう)に帰するのだからな。結局、最後の仕あげは神がする、つくづくそう思う、荒削りはいくら人間がしてもだ――

ホレイショー　確かにおっしゃるとおりです。

ハムレット　さてと、それから、いきなり船室から飛びだし、船乗りの服を着こんで、暗闇(くらやみ)のなかを手さぐり、あちこち捜しまわったあげく、とにかく、やつらの持っていた包みを見つけた。それをふところに、すぐ船室にもどると、不安のため弁(わきま)えも何もあったものではない。思いきって、その国書の封を切ってみた。それが、ホレイショー――国王の、驚くべき奸計(かんけい)！――デンマークの安泰のためとか、それがイギリスのためにもなるとか、いろいろもっともらしい理由を並べたてたあげく、ふむ！　こんな鬼畜同然の男は生かしておけぬ、この書一覧のうえは、斧(おの)を磨(と)ぐ間もあらせず、即刻ハムレットの首を刎(は)ねられたし、という厳しい指令なのだ。

ホレイショー　とても信じられませぬが？

ハムレット　これがその国書だ。あとでゆっくり読むがいい。だが、それからだ。あとをどう始末をつけたか、話して聞かせようか？

ホレイショー　どうぞ。

ハムレット　こうして身のまわりに十重（とえ）はたえ、悪だくみの網を張りめぐらされて――気もちのうえでは、まだ幕開きの用意も出来ていないのに、もう目のまえに芝居がはじまってしまったというわけだ。そこでまず、腰をおろして国書の偽造にとりかかった。結構うまく書いたつもりだがな。まえには、わが政治家諸君と同様、字を書くことなど軽蔑（けいべつ）して、習ったこともわざと忘れるように努めたものだが、それが今度ばかりはお役にたった。その内容、どうだ、知りたいか？

ホレイショー　もちろん。

ハムレット　デンマーク王としての鄭重（ていちょう）なる依頼状だ。イギリスにして、吾（わ）が忠実なる属国ならばとか、両国間の友情、峰の松のごとくとこしえならんことを欲するならばとか、また平和の女神、つねに小麦の花飾りをいただき、両国親善のかすがいともならばとか、その他等々、俗っぽい決り文句を並べたてたあげく、本文以下のごとしさ。この書御一読ののちは、持参者二名、ただちに死刑に処せられたく、懺悔（ざんげ）の儀も不要、ゆめゆめおためらいあるまじく、というわけだ。

ホレイショー　封はどうなさいました？

ハムレット　それが、やはり天の助けだな、金入れのなかに父の印がはいっていたのだ。今のデンマーク国璽のもとさ。手紙はまえのやつとおなじように折りたたんで、署名をすませ、印を捺し、もとどおり包みのなかへ入れておいたというわけ。このすりかえは誰ひとり気づきはしない。さて、その翌日が例の海戦。あとのことはもう知っているだろう。

ホレイショー　するとギルデンスターンもローゼンクランツも。

ハムレット　それは、しかたあるまい、好きこのんで、傭われ仕事に手をだしたのだからな。こちらも良心の呵責は感じない。身から出た錆、追従者にふさわしい最期さ。ああいう小人ばらの出る幕ではない。大物がたがいに鎬を削って斬りあっている間に、首をだすなど無法きわまる話だ。

ホレイショー　そうでしたか。ひどい王があればあるもの！

ハムレット　こうなったら、そうではないか、こちらも黙って引っこんではいられまい？——父を殺し、母を穢した男に、王冠を横どりされ、希望を奪われ、あげくのはてにこの命までも、あやうくわなに懸けられるところだった——そんなやつをこの手にかけたからといって、良心がどうのこうのという問題ではなかろう？　こういう害虫をはびこらせておくことのほうが、よほど大きな罪ではないか？

ホレイショー　しかし、いずれ、イギリスから結末を知らせてまいりましょう。

ハムレット　いずれすぐな。そのときまでは、こちらのものだ。人間の命、消えるとなれば、「ひとつ」と数えるひまも要らぬ――しかし、ホレイショー、レイアーティーズにはすまないことをしたと思っている。ついわれを忘れてしまったのだ。父を失ったおなじ身のうえ、あの男の気もちはよくわかっている。あやまるつもりだ。ただ、悲しみをああ大仰にわめきちらされると、ついかっとなってしまってな。

ホレイショー　しっ！　足音が？

小柄な伊達男で廷臣のオズリックがはいってくる。肩に翼のはえたような跳ねかえった服を着、最新流行の帽子をかぶっている。

オズリック　（帽子を脱ぎ、最敬礼をして）ハムレット様には、ようこそお帰りあそばされました。

ハムレット　御鄭重に恐れ入る……（ホレイショーに）この蚊とんぼを知っている

か？

ホレイショー　（小声で）いいや、はじめて。

ハムレット　（小声で）知らなくてしあわせ、知っているだけで、罰があたりかねない男だ。広大ないい領地をもっている。今の世のなかでは、牛馬同然の輩が牛馬をたくさん掻き集めて、もうそれだけで、お城へあがれる。堂々と自分の飼いば桶を御持参、王様と会食できるのさ。むだ口以外に能のないやつだが、泥だけは、しこたま持っている。

オズリック　（ふたたび礼をして）ハムレット様、もしお手すきでございましたら、王様からの御伝言をば、お伝え申しあげとうぞんじます。

ハムレット　おうかがいしよう、おそれつつしんで。（オズリックが礼とともに、帽子をふりまわすのを見て）帽子はあるべきところに置いておいたらどうだ。それは頭にのせるものだろう。

オズリック　恐れ入ります。きょうは大層暑うございますので。

ハムレット　どうして、すこぶる寒い、北風だからな。

オズリック　なるほど、結構お寒いようで。

ハムレット　もっとも、ひどく蒸し暑いようだな、体質のせいかもしれぬが。

オズリック　はあ、まことにどうも、ひどく蒸しますようで――なんと申しましょうか――うまく言えませぬが……ところで、ハムレット様。王様の御伝言でございますが、このたび王様におかせられましては、ハムレット様のため、大きな賭けをなさいましたそうで、そのいきさつと申しますのは――〔V－2〕

ハムレット　（ふたたび帽子をかぶれと手で合図をして）さっき言ったではないか――

オズリック　いえ、ありがとうございます。じつはこのほうが落ちつきますので。ところでハムレット様、このたびレイアーティーズが帰ってまいりまして――いや、まことに立派な紳士でございますな、いろいろな美点を山ほどもっておりまして、人づきあいもよろしいし、風采もみごと。宣伝めきますが、あえて申しあげれば、あの男こそは、もって学ぶべき紳士道の図表とも目録ともいうべき人物。試みにとくと御覧じ遊ばしませ、紳士の身につけたき美徳の明細は、ことごとくあの男のうちに集まっております。

ハムレット　まあ、御流儀でどう並べたてようと、べつにあの男に傷がつくわけでもあるまい。もっとも、美点もそう盛りだくさんになると、商品目録よろしく一々小分けして書きだされても、ささやかな小商人の手には負えそうもない。すっかり混乱してしまって、その矢つぎ早な投売りにはついてゆけまい。しかし、掛け値なしに言って、かの人物こそは、たしかに得がたき掘出し物、稀代の天分の持主、正直、あの男に似たものを捜し求めるとすれば、その鏡にうつる影をおいて、他にはあるまい？――誰にもあのまねは出来ぬな。

オズリック さすがはハムレット様、まことに名言でございます。

ハムレット で、なんの話だ？ おたがいに下手な文句で、あの紳士に泥を塗るのが目的ではあるまい？

オズリック と申しますと？

ホレイショー ほかに、なんとかおっしゃりようはありませぬか？

ハムレット どういうわけで、その紳士の話になったのだ？

オズリック レイアーティーズの？

ホレイショー 財布の中味はもう空らしゅうございます。取っておきの美辞麗句を、もうすっかり使いはたしてしまったのでございましょう。

ハムレット そう、レイアーティーズのことを。

オズリック 御承知のこととぞんじますが――

ハムレット 何もかも承知、出来れば、そう思っていてもらいたいものだ。もっとも、そう思われたところで、大してこちらの名誉にはならないが、それで、どうした？

オズリック　御承知のこととぞんじますが、あの、レイアーティーズの長所につきまして――

ハムレット　それには、ちょっと異議がある。あの男と背くらべをしたくないからな。もちろん、人を知ることは、おのれを知ることではあろうが。

オズリック　その、私の申しあげたいのは、あの男の腕のことでございますが、召使たちの評判によりますと、剣をとっては天下無敵という話で。

ハムレット　剣はなにを使うのだな？

オズリック　細身と短剣でございます。

ハムレット　両刀を使うのか、まあ、いいだろう。

オズリック　王様はレイアーティーズにバーバリ馬六頭をお賭けあそばしました。それにたいして、レイアーティーズのほうは、フランス製の細身と短剣を六揃い、革帯、釣り紐などの附属品ともどもさしだす約束でございます。その三個の懸索の細工が、まことに巧緻をきわめ、柄にもよくあっておりまして、ま、あれほどの懸索は他にまたとございますまい。意匠もじつに独創的でございます。

ハムレット　その懸索というのは、一体どういうものだ？

ホレイショー　（小声で）註釈なしでは御納得ゆくまいと思っておりましたが、はたして。

オズリック　懸索と申しますのは、つまり剣の釣り紐のことで。

ハムレット　ま、大砲をぶらさげて歩く世の中にでもならなければ、そんな物々しい言葉は願いさげにしてもらいたいな――それまでは釣り紐でたくさんだ。が、そんなことはどうでもいい！ バーバリ馬六頭にたいしてフランスの剣六本とその附属品、それに意匠もじつに独創的な懸索が三個――要するにデンマーク対フランスの賭けというわけか。だが、二人とも、どうしてそういうものを、お前の言う「賭け代」にさしだしたりしたのだろう？

オズリック　つまり、たとえ十二回勝負にしたところで、いかにレイアーティーズでもお相手がハムレット様では三回は勝ち越せまい、そう王様はおっしゃいまして、たまたまレイアーティーズのほうも、規定どおりの九回勝負で三回勝ち越しは苦しいと申出ましたので、とくに十二回にしていただこうと、まずはかような次第でございます。で、すぐにもお手合せということになりますが、このレイアーティーズの挑戦、ハムレット様にはお受けくださいましょうや否や？

ハムレット　うむ「否」とお受けしようか？

オズリック　いえ、その、仕合いの儀、お受けくださいますかどうかという意味で。

ハムレット　この広間の辺(あたり)をぶらぶらしながら、お待ちするとしよう。王のお望みとあるからにはな。どうせ運動の時間だ。剣を持ってくるように。レイアーティーズもその気でおり、王もあくまでそのつもりなら、できるだけ、王のため勝つように努めよう。負けたところで、もともと、少々痛いめにあって、恥をかくだけだ。

オズリック　そのとおり御返事申しあげてよろしゅうございましょうか？

ハムレット　まあ、そんなところだ――あとはお好きなように尾ひれをつけて。

オズリック　（敬礼して）では、今後ともなにとぞよろしくお願い申しあげます。

ハムレット　こちらこそ、こちらこそ。（オズリックはもう一度最敬礼して、帽子をかぶり、ちょこちょこ足早に去る）ま、自分によろしくお願い申すことだ。誰も相手にしてくれるものはいないからな。

ホレイショー　あのひよこ、いかにも頭に殻(から)をつけたまま走りだしたという形でございますな。

ハムレット　乳を吸うにも、乳房にお辞儀してかかるという手あいだ。ああいうのが――いや、いいかげんな末世の風潮に甘やかされたおっちょこちょいの雲雀(ひばり)連中は、ほかにもたくさんいるが――みんな時の花をかざしにし、おたがい空世辞のやりとりに憂き身(うきみ)をやつし、そこから気のきいた、あぶくのような文句をおぼえてきて、物事を地道に考えようとする落ちついた苦労人たちの目をくらましている。だが、一吹き息を吹きかけてやれば、所詮(しょせん)はあぶくだ、いっぺんに飛んでしまうさ。

　ひとりの貴族がはいってくる。

貴族　さきほどオズリックを通じての王よりのお伝え、この広間にてお待ちくださるとの御返事でございましたが、改めて伺ってまいれとのこと、レイアーティーズとの仕合い、御承引くださいましょうか、それともまたの折にお延ばしあそばしますか、おたずね申しあげます。

ハムレット　べつに考えは変らぬ。御意(ぎょい)のとおりに。御都合さえよろしければ、今すぐでも結構。いつでもいい、今のように調子のいいときならばな。

貴族　王様、お妃様(きさき)、その他一同、今にもこちらへ。

ハムレット　ちょうどいい。

貴族　お妃様には、仕合いのまえ、レイアーティーズと和解の御挨拶(ごあいさつ)をお交(かわ)しいただきたいとおっしゃっておいででした。

ハムレット　もっともなお言葉だ。（貴族退場）

20〔V－2〕

ホレイショー　ハムレット様、この賭け、負けるような気がいたしますが。

ハムレット　そうは思わぬが。レイアーティーズがフランスに行って以来、こちらもけっこう練習をつづけてきたからな。それに、あれだけの差もついていることだし。だが、そう言ってもわかるまいが、なんだかこの辺が妙だ。胸さわぎというやつかな――ま、そんなことはどうでもいい。

ホレイショー　それはいけませぬ、ハムレット様――

ハムレット　いや、愚にもつかぬ迷信さ。だが、女だったらけっこう気にやむだろう。

ホレイショー　お気がすすまぬなら、無理をなさらぬほうが。すぐ奥へまいって、御気分のわるいよし申しあげ、お出ましをお止めしてきましょう。

ハムレット　それには及ばぬ。前兆などというものを気にかける事はない。一羽の雀が落ちるのも神の摂理。来るべきものは、いま来なくとも、いずれは来る――いま来れば、あとには来ない――あとに来なければ、いま来るだけのこと――肝腎なのは覚悟だ。いつ死んだらいいか、そんなことは考えてみたところで、誰にもわかりはすまい。所詮、あなたまかせさ。

従者たち登場。見物の椅子、クッション等を配置する。つづいてトランペット手、太鼓手、そのあとから王、妃、廷臣たち。審判としてオズリック、およびもう一人の貴族も、そのうちに混じっている。二人は剣と短剣を持ってきて、壁ぎわの台のうえに置く。最後にレイアーティーズが仕合いの服装にて登場。

王 さあ、ハムレット、この手をとれ。(そういってハムレットの手にレイアーティーズの手を握らせる。そのあとで妃を導いて玉座に行く)

ハムレット 許してくれ、レイアーティーズ。ハムレットが悪かった。だが、その立派な人格に甘えて許してもらおう。いずれ聞いてもいよう。ここにいる人たちもみんな知っている。ハムレットはひどい精神錯乱に悩まされているのだ。子の気もちとして堪えがたかろう。名誉を傷つけ、あえて憎しみを売るような乱暴、今さら言いわけのしようもないが、それもこれも狂気のなせる仕業。ハムレットがレイアーティーズに乱暴を? いや、ハムレットがしたのではない。もし理性がおかされ、意識のないとき、ハムレットがレイアーティーズに乱暴をはたらいたとすれば、それはハムレットの仕業とは言えぬ。ハムレット自身、それを否定する。それなら、何者の仕業か? ハムレットの狂気がやったのだ。そうなれば、ハムレットも被害者の一人、狂気は非力なハムレットの敵ということになる。レイアーティーズ、頼む、こうしてみんなの前で、その寛やかな心のうちにハムレットを温かく包み入れてくれ。そして安心させてはくれぬか、うっかり屋根越しに放った矢が、偶然に己れの兄弟を傷つけてしまったのだ、と。

レイアーティーズ　子としての情愛、それあればこそ一途に復讐をと思いこんできたのですが、今のお言葉で、心しずまりました。それにしても、このまま引きさがっては、名が立ちませぬ。いずれ、しかるべきお方に相談したうえ、もうこれなら和解してもよいということにならねば、すべてを水に流すわけにはまいりませぬ。が、それまでは、その友情のお手、それはそれとしてすなおにお受けいたしましょう。

ハムレット　こちらこそ、その言葉、虚心にお受けしよう。そして心おきなく、兄弟同士の仕合いをしたいものだ――さ、剣をくれ。

レイアーティーズ　さ、こちらにも。

ハムレット　レイアーティーズの握る剣になりたいものだな。そうすれば、未熟なこの身もいろいろ教えられよう。

レイアーティーズ　おからかいになっては。

ハムレット　いや、からかっているのではない。

王　オズリック、二人に剣を。（オズリック、四、五本の剣をもって進み出る。レイアーティーズ、その一本をとり、一、二度ふってみる）ハムレット、賭けのことは知っていような？

ハムレット　承知しております。弱いほうに差をつけてくださったとか。

王　いや、大丈夫だと思っている。二人の手並みはよく知っているのだ——ただレイアーティーズはよほど上達しているというので、すこし差をつけておいたまでのこと。

レイアーティーズ　重すぎるようだな。ほかのを見せてもらおう。（台のところへ行き、毒を塗った先どめのない剣を取ってくる）

ハムレット　（オズリックから剣を取り）これがよさそうだ。長さはみなおなじだな。

オズリック　もちろんでございます。

審判、従者たちは仕合いの用意をする。ハムレットも身仕度する。他の従者たちが細口瓶にコップをそえて持ってくる。

王　杯はその台のうえに置いてくれ。ハムレットがはじめの一回目か二回目に一本いれたら、また三回目なら引きわけでもいいが、そのときは、胸壁の砲門を一度に開いて祝うのだ。そして王はハムレットの健闘に乾杯し、その杯には真珠を投げ入れるとしよう。デンマーク王四代にわたってこの王冠を飾ってきた真珠も及ばぬ名宝だぞ。さ、杯をよこせ。いいか、「国王、今ぞハムレットのために乾杯す」と、太鼓は喇叭手に、喇叭は城外の砲手に、次々に喜びの合図を伝えるのだ。大砲の響きに天が応え、天には大地も和するであろう。さあ、はじめるがよい。お前たち審判役はよく見ていてくれ。

杯が王のそばに運ばれる。トランペットの吹奏。ハムレットとレイアーティーズは位置につく。

ハムレット　さあ、来い。

レイアーティーズ　おお。

第一回目の仕合いがはじまる。

ハムレット　一本！

レイアーティーズ　まだだ。

ハムレット　審判？
オズリック　一本、は、確かに。
二人、離れる。太鼓が鳴る。トランペットの吹奏。はるかに大砲の音。
レイアーティーズ　さ、二回目だ。
王　待て。酒を。（従者が杯を満たす）ハムレット、（宝石をかざし）この真珠はお前のものだぞ。まず乾杯を！（杯を飲みほし、真珠をそのなかに落す）ハムレットにこの杯を。
ハムレット　この一番をすませてからにいたしましょう。それまでお預けだ。（従者、それをうしろの台にのせる）さあ。
第二回目がはじまる。
ハムレット　それ、もう一本！　どうだ？
レイアーティーズ　かすった。正直のところ、ちょっとかすられましたな。（二人、

離れる)
王　ハムレットが勝ちそうだな。
妃　あの子は汗かきで、すぐ息切れがするたちだから。ハムレット、このハンケチを。額を拭いて。(ハンケチを渡し、台のところへ行って杯を取る)ハムレット、お前の幸運を祈って王妃が乾杯を。
ハムレット　つつしんで!
王　ガートルード、それは。
妃　いいえ、乾杯を。おさきに。(飲んで、杯をハムレットにさしだす)
王　(呟くように)毒がはいっているのだ、もう遅い!
ハムレット　母上、もう少しがまんしましょう――いずれ、すぐ。
妃　さ、顔を拭いてあげよう。(ハムレットの汗を拭く)
レイアーティーズ　(王に)今度こそは、かならず一本いれてお目にかけます。
王　そうは行くまい。
レイアーティーズ　(呟く)でも、気がとがめて。
ハムレット　レイアーティーズ、さ、三回目だ。本気でやっていないな。いいから、力のかぎり突いてこい。なんだか子供扱いされているようだ。

［V－2］20

レイアーティーズ　そうおっしゃるなら、さ、さ。

第三回目がはじまる。

オズリック　勝負なし。（二人、離れる）

レイアーティーズ　それ、一本！（うしろを向いているハムレットの油断を見すまし、傷を負わせる。かっとしたハムレットは猛然と襲いかかる。つかみあいのうち、偶然、二人の剣がとりかわる）

王　二人を引き離せ。すっかり逆上している。

ハムレット　（相手に襲いかかり）さわるな。さ、行くぞ。

妃が倒れる。

オズリック　あっ、お妃が！

ハムレット、レイアーティーズに深手を負わせる。

ホレイショー　血が、両方とも！——ハムレット様、傷は？（レイアーティーズ倒れる）

オズリック　（レイアーティーズを抱きかかえ）大丈夫か、レイアーティーズ？

レイアーティーズ　なんということだ、わが手で仕掛けたわなに懸かろうとは、オズリック！　天罰てきめん、われから仕組んだたくらみに命をとられるのだ。

ハムレット　妃は、どこか悪いのか？

王　血を見て気を失ったのだ。

妃　いいえ、あのお酒、あれを飲んで——ああ、ハムレット——お酒、お酒に！　毒が！（息たえる）

ハムレット　陰謀だ！　ええい！　戸を閉めろ——反逆だぞ！　犯人は誰だ！

レイアーティーズ　このなかに、ハムレット様。ハムレット様、お命が。もうどんな薬も役にたたぬ。半時間とはもちませぬ。その、持っておられる剣こそ、切先も尖ったまま、毒を塗って。卑劣なたくらみが、つまりはわが身の上に、それ、このとおり、もう二度と立てませぬ——お母上は毒殺——もうものが言えぬ——罪は王に、王こそ。

ハムレット　切先に毒まで！——そうか、それなら、ついでにもう一度。（王を刺す）

一同　反逆だ！　反逆だ！

王　う、何をしている、みんな。ただ手傷を負うただけだ。

ハムレット　不義、残虐（ざんぎゃく）、非道のデンマーク王、（無理に杯を王の口にあてがい）さ、これを飲め。きさまの真珠とは！　母上のあとを追え。（王、息たえる）

レイアーティーズ　天罰だ。自分で用意した毒なのだから。おたがいに許しあおう、ハムレット様。レイアーティーズの死も、父の死も、あなたの罪にはならぬよう、そしてあなたの死もレイアーティーズの罪にはならぬよう。（息たえる）

ハムレット　天も、その罪を、お許しになろう！　あとから行くぞ……（倒れる）もうだめだ、ホレイショー。かわいそうな母上、さようなら！　どうした、みんな、顔色を変えて震えているではないか、黙劇の役者よろしく。それともこの大芝居の幕切を見物しようとでもいうのか。ああ、もう間にあわぬ。死の使いが情け容赦もなくおれをせきたてる。話しておきたいこともあるのだが――どうともなれ。ホレイショー、もうだめだ。せめて、お前だけでも、生きて、伝えてくれ、事の次第を、なにも知らぬ人たちにも、納得のいくように、ありのまま。

ホレイショー　なにをおっしゃる。このホレイショー、今となっては、デンマーク人より、昔のローマ人にあやかりたい――おお、酒がまだ残っている。（杯をとる）

ハムレット　（立ちあがって）それでも男か。杯をよこせ。手を放せ。ええい、よこせ！（杯を床にたたきつけ、仰むけに倒れる）頼む、ホレイショー、このままでは、のちにどのような汚名が、残ろうもはかりがたい！　ハムレットのことを思うてくれるなら、ホレイショー、しばし平和の眠りから遠ざかり、生きながらえて、この世の苦しみにも堪え、せめてこのハムレットの物語を……

遠く軍隊の行進する音が聞えてくる。間もなく砲声がひとつ。それを聞いて、オズリック、退場。

ハムレット　何事だ、あの騒ぎは？

オズリック　（もどってきて）ノールウェイ王子フォーティンブラスの一行、ただいまポーランド征服より引揚げの途次、たまたまイギリス使節の到着を迎えて、礼砲を打ちましたのでございます。

ハムレット　おお、ホレイショー、これでお別れだ。激しい毒が五体の隅々（すみずみ）まで、もう頭もしびれて。イギリスよりの使いを待つ間も保（も）たぬ命。そうだ、一言、さきのことを。国王にはフォーティンブラスが選ばれよう、そうするように。それが、死にの

そんでの、ハムレットの遺志だ。フォーティンブラスにも、そう伝えてくれ。始終の仔細もな――もう、何も言わぬ。(死ぬ)

ホレイショー　とうとう散ってしまわれた、気高いお心も。おやすみなさい、ハムレット様。群がる天使の歌声に誘われ憩いの床に！　どうしたのだ、太鼓の音が近づいてくる？

ノールウェイ王子フォーティンブラス、イギリス使節、その他が登場。

フォーティンブラス　どこだ？

ホレイショー　このうえ、何をごらんになりたいと？　これほど悲惨なことがどこにございましょう。

フォーティンブラス　この屍の山、狩場の殺戮をさながら眼の前に。おお、傲れる死の神、時のかなたの地下の穴倉で、血なまぐさい大酒盛でもはじめようというのか？　これほど多くの貴人の命を、一撃のもとに奪い去るとは？

イギリス使節　目を蔽うむごたらしさ。イギリスよりの御報告も、もう間にあいませぬ。お聞きいただくお方の耳も今はなく。御命令どおり、ローゼンクランツ、ギルデンスターンは処刑いたしてございますが。それにたいする御挨拶(ごあいさつ)、どなたからいただけましょうか？

ホレイショー　御礼の言葉なら、その王からはいただけますまい。たとえ生きて口がきけても。二人の処分については、王のあずかり知らぬこと。が、それはさておき、折も折、この血なまぐさい惨劇のまっただなかに、お一人はポーランド遠征よりの御帰途、そちらは海路はるばるイギリスよりお越しいただきましたからには、ともあれ、この亡骸(なきがら)を壇上にのせ、ひとびとの見えるよう、お計らい願えませぬか。何も知らぬ世間に一部始終をお話するのが、この身の役目。いずれおわかりいただけましょう。不倫、非道、血なまぐさい所行の数々、それに引きつづいて起った偶然の裁き、過ちの殺人、また、挑(いど)まれて余儀なくもくろんだ殺戮、すべては、的を射損じた悪だくみが、とどのつまり、それ、こうして張本人の頭上にふりかかってまいった始終の仔細。何もかも、ありのままにお伝えいたしましょう。

フォーティンブラス　すぐにも聞かせてもらおう。重だった人々を集めていただきたい。だが、こちらにも申しぶんがある。心は悲しみに沈みながらも、運命の贈り物は受けよう。この国には忘れがたい思いもないではない。この機会に言っておきたいのだが。

ホレイショー　それについても申しあげねばならぬことがございます。いえ、多数の意見を支配するハムレット様のお言葉をお伝えするだけのこと。が、何はともあれ、さきほどのことを。人心さだまらぬ折柄、さらに陰謀や無用の不祥事を引きおこさぬとも限りませぬ。

フォーティンブラス　隊長四人、ハムレットを、壇上に。武人にふさわしい礼を。時を得れば、世に並びなき英主ともなられた王子。その最後の門出を弔い、軍鼓をならし、礼砲を放って、広く世に御逝去を知らしめよう。他の死骸もかたづけるように――このような光景は、戦場ならばまだしも、ここでは、はなはだ見ぐるしい。誰か、礼砲を打つよう、兵たちに命じてくれ。

兵士たちが死骸をかたづける。そのあいだ、送葬行進曲が聞えている。ついで弔砲の音がきこえてくる。

解　題

一

『ハムレット』の初演は一六〇一年か一六〇二年と推定されている。したがって、書かれたのは早くとも一六〇〇年で、それ以前ということはありえない。当時はもちろん、現在でも戯曲の出版は上演後に行われるのが普通である。当時はことに遅れた。『ハムレット』の最初の上梓は一六〇三年で、この版を第一・四折本(First Quarto)と呼んでいる。誰かがグローブ座初演の時の記憶をたよりにこしらえた盗版で、現在のものよりはずっと少く、全体の行数は二千百四十三行しかない。

さらに二年後、一六〇五年に同じ型の四折本が出版されたが、これは第二・四折本(Second Quarto)と呼ばれ、行数は三千八百行近くにふえている。第一・四折本の杜撰なのに憤慨した作者自身、あるいはその身近のものが、それを正すために上梓せしめたらしく、扉には「真正、完全なる写本に随い、ほとんど原形そのままに増補印刷せる新版」と断書が出ている。

次に作者の死後、一六二三年になって最初のシェイクスピア戯曲全集が出ており、これを第一・二折本(First Folio)と呼んでいるが、それに収められた『ハムレット』がある。これはグローブ座初演のさい、作者の肉筆原稿から写しとった後見用台本をもとにして印刷されたものらしい。第二・四折本に比して三百行近く少く、全体で三千五百行になっている。しかし、それにないところが八十行余りある。

定本決定の場合、問題になるのは右の二つ、すなわち第二・四折本と第一・二折本であって、一六〇三年の第一・四折本は一応除外していい。だが、信ずべき善本が二つあるというのは、一つしかない場合より、かえって面倒である。どちらを専ら基本として採り、どちらを参考として採るにとどめるか、そしてその根拠は何かということがまず問題になる。

昔から『ハムレット』の定本として使われてきたものは、いずれも元は一つで、それは第一・二折本を正典と見なし、第二・四折本の方は異本として、ただ増補のために参照するにとどめ、なお多少は第一・四折本から採ったという、いわば折衷的定本が出来ていて、各版の相違は、それぞれの註釈者が自分の判断と趣味にしたがい、部分的な語句の修正をほどこすことによって生じたものに過ぎない。

しかし、私の翻訳の原書として用いた新シェイクスピア全集の校訂者ドーヴァ・ウイルソンは、そういう折衷的定本の無批判的な受入れに満足せず、さらに根本に溯って、二つの原本のいずれがよりよいかを問い、定説とは逆に第二・四折本こそ最も信頼すべき正典と見なしている。

ウィルソンによれば、第一・二折本は写しのまた写しである。それは一六二三年の全集出版のために、その年もしくは前年に改めて作られた写しで、何から写したかというと、当時のグローブ座の後見用台本からである。なるほどその後見用台本はシェイクスピア自身の肉筆原稿からじかに写しとられたものであるらしい。が、その間に誤りは起らなかったとしても、後見用台本として使用しているうち、稽古中、上演中に、劇場側が一つも手を入れなかったということはありえないし、また出版用の写しを作るまえに勝手な削除や加筆がおこなわれなかったなどということも考えられない。さらに、その出版のための写しを作るとき、劇場側の写し手が後見用台本との照合をどこまで注意ぶかく行なったか、その点がまことに怪しい。上演中の記憶に頼って、いいかげんに事を進めたにちがいないとウィルソンは言う。

それに反して、第二・四折本はシェイクスピアの肉筆原稿そのものを印刷に附したものと考えられる。当時の事情から推して、劇団では一度役者のために台本を作ってしまえば、原稿の方は不要になるので、それをそのまま版元に売渡したはずである。

ただ、この四折本は扉の宣伝文句にもかかわらず、いかにも誤植が多い。また語、句、節の脱落がある。そのうえ、さらに始末の悪いことに、その版を組んだ印刷工の手落ちがそのまま出ているならまだしも、それをただす役割の校正者がどうやら原稿をろくに参照せず、自分の能力と勘にしたがって朱筆を入れたらしいのである。

それでもなおウィルソンは第二・四折本の方を遥(はる)かに重視する。印刷工の誤植も綿密に調べてみれば、暗号の解読の場合と同様、そこには一種の法則に似たものがあって、その裏にシェイクスピア独自の筆癖が辿(たど)れるからという。それが出来るのも一方に第一・二折本があるからであるが、言うまでもなく、ウィルソンはつねにそれを校合しており、その必要を説いている。のみならず、盗版の第一・四折本さえ傍証確認の材料として有用だと言っており、ことにそのとがきは二つの善本より豊富で、当時の劇場機構を知るうえに便であり、一二をそのまま採用したと断っている。

二

次にハムレット物語の源について大体のことを述べておく。シェイクスピアと同時代の劇作家で『スペイン悲劇』のような復讐劇(ふくしゅうげき)の元締的存在だったトマス・キッドという人物があり、おそらくそのキッドが書いたものらしい『原ハムレット』が、シェイクスピアの『ハムレット』の出る数年前までロンドンで上演されていたのである。『原ハムレット』というのはドイツの学者の命名であるが、それは今日すでに失われて残っていない。が、シェイクスピアがこれを観(み)て、『ハムレット』の着想を得たのであろうことは、まず疑いない。

さらに溯(さかのぼ)れば、十二世紀末、デンマーク人サクソーが『デンマーク国民史』という本を書いており、その第三巻に「ハムレット」物語が出てくる。それはラテン語で書かれているが、その骨子をフランスのベルフォレーが一五八二年刊の仏文『悲劇物語』第五巻に書きおろしている。シェイクスピアの『ハムレット』はそのいずれかに負うているかもしれぬし、両方に負うているかもしれぬ。

シェイクスピアとの関係を別にすれば、「ハムレット」物語の源流は遠く民間伝承や民族詩のうちに求められる。英国とスカンディナヴィア半島の間には、古くから海上の交通が行われ、バルティック海の南岸のあたりや、あるいはアイスランドとノールウェイ氷原地帯とにはさまれた海峡は、つねに両民族の航行を可能ならしめていたという。そうした状況のなかで、「ハムレット」という名前はまずアイスランド系の「アムロオジ」という形で現れる。一二三〇年頃(ごろ)の散文物語『エダ』の中の詩に出てくるそうである。一方、古代英語の民族詩『ベオウルフ』に「オネラ王」というのが出てくるが、これが「ハムレット」という人物の原型「アムロオジ」と同じだという説がある。「アムロオジ」は「アンレ」と「オジ」との合成で、「アンレ」はスカンディナヴィア地方の一般男性名、「オジ」は「戦闘的」「狂的」の意味の綽名の接尾語的用法だというのである。どこまで信じられるか解らないが、「ハムレット」と狂気との結びつきという点では面白い。

サクソーの『デンマーク国民史』でも「ハムレット」はやはり狂気をよそおっている。そればかりではなく、ほとんどすべての道具だてがシェイクスピアの『ハムレット』と一致している。シェイクスピアが直接にそれから借りたのではないとしても、キッドの『原ハムレット』が既にそれを取入れていたことは確かで、それが現在の『ハムレット』の原型であることだけは否定しえない。

『デンマーク国民史』によれば、「ハムレット」は「アムレス」である。父はデンマーク王ではなく、ジャトランド半島の一領主で、デンマーク王の娘「ゲルサ」を妻にしている。「アムレス」は一騎打ちにおいてノールウェイ王を殺し、四方に勇名を轟かせる。が、弟の「フェング」は彼をそねみ、暗殺して、みずから領主になり、「ゲルサ」を妻にする。「アムレス」の子の名はやはり「アムレス」で、彼は復讐を決意するが、時をかせぐため、また叔父の疑いをそらせるため、わざと狂気と愚昧をよそおう。しかも、その狂気の言葉には深い智慧がこもっており、鋭い真実が含められているのだが、それが意識的なものであるという証拠を少しも見せなかった。

叔父「フェング」はこの佯狂を暴露するために二つのもくろみを考えつく。一つは幼児のころから知っているある美しい女性を使って、「アムレス」を誘惑することであり、もう一つは自分の友人を間者にして「アムレス」が母親と二人だけのときをねらい、立聴きさせることである。「アムレス」は第一の罠からは、忠実な親友の警告によって救われ、第二の罠からは自分の用心によってのがれる。彼は寝台の下に隠れていた間者をそのまま突き刺し、死体を切りきざんで、熱湯で煮くたしたあげく、溝に投げすてて豚の餌にしてしまうのである。

それから悪罵のかぎりを尽して母親を責める場面がある。尻軽の淫売のと罵る。自分の息子の父親を殺した男に取入り、色仕掛でものにしたと悪態をつく。相手きらわず本能の赴くままに番う獣そっくり、しかもこれまた獣同様、先の夫をきれいに忘れてしまったとわめきちらす。最後に「アムレス」は母に向って、わが子の弁えなさを歎かず、おのが心の穢れのために泣けと言う。こうして、彼は母の心を真二つに裂き、絶望の底に陥れたあげく、徳の道を歩めと救いの手をさしのべる。

叔父「フェング」は二つの計画が失敗したので、「アムレス」を英国に使いせしめる。国書をもった二人の男が随行するが、国書には英国到着後「アムレス」を死刑に処するようにとある。しかし、二人が眠っている間に、「アムレス」は国書を探しだし、自分ではなく、その二人の命を奪うようにと書き改め、「フェング」の偽署名をしておく。英国王はそのとおりにし、「アムレス」を歓待し、王女を妻に与える。青年の人格と気質にすっかり惚れこんでしまうのである。

一年後に「アムレス」はジャトランドに戻り、「フェング」をはじめその一味のものに酒を強い、館に火を放って、生身のまま焼き、逃げようとする叔父をみずから刺し殺す。叔父はあらかじめ「アムレス」の剣先を使えなくしておいたのだが、「アムレス」はそれを知り、自分の剣を叔父のそれと換え、ついに復讐を遂げるのである。以上、一々指摘するまでもなく、そこには『ハムレット』の筋だてがほとんどすべて揃っている。

一方、明かにこのサクソーから借りたベルフォレーの『悲劇物語』には、「アムレス」の「異常な気鬱」という性格は、それとはっきり書いてないし、またポローニアスの前身と思われる男の才智、わが子の毒舌に傷つく母親の苦悩など、サクソーにあってベルフォレーにないものである。ただ二点だけベルフォレーの創意と思われるものがある。その一つは「アムレス」の母と叔父とが父の生前から密通していたことである。この二点についてはシェイクスピアは直接ではないにしても、ベルフォレーに負うていると言えよう。

三

シェイクスピアの『ハムレット』について、いつの時代に、誰が、どう言っているかは、新潮社版『シェイクスピア全集』第十巻の「批評集」に譲ることにして、私がこの作品を、のみならず一般にシェイクスピアをどう考えているかについて簡単に述べておく。それが翻訳者の責任というものであろう。どの作品の場合でもそうであろうが、翻訳には創作の喜びがある。自分が書きたくても書けぬような作品を、翻訳という仕事を通じて書くということである。それは外国語を自国語に直すということであると同時に、他人の言葉を自分の言葉に直すということでもある。そういう創作の喜びは、また鑑賞の喜びでもある。本当に読むために私は翻訳する。さらに戯曲の翻訳においては、演戯し演出する喜びが伴う。実際に演戯し演出する機会の有無は別として、その行動意欲なしに戯曲の翻訳は不可能であり無意味である。

私のシェイクスピア翻訳を評して舞台の上演を主眼としたものであると言って、暗にその偏していることを諷した英文学者があり、また自分はシェイクスピアが書いたとおりに訳すと称して、あたかも私の翻訳が意訳に過ぎるかのような当てつけを書いた翻訳者がある。いずれも過っている。私の翻訳を待つまでもなく、シェイクスピア自身、舞台の上演を主眼として、いや、上演のために、すべての作品を書いたのである。上演に不適当な翻訳はシェイクスピアの翻訳ではない。そしてそういうものは、いかに逐語的に訳語を並べていようが、それこそ意訳と言うべきものである。つまり、シェイクスピアの原文はこういうふうになっているのだと説き示す解釈に過ぎず、それは決して訳ではない。直訳こそ意訳だという原理の洞察がまず必要である。翻訳はそれから先のことだ。

戯曲の翻訳についてことにそう言える。声のひびかぬ言葉をつらねてせりふの生動感を殺してしまってはならない。シェイクスピアの日本語訳は、日本人の役者が日本語をもって、というのはその日本語を発声することによって演戯欲、行動欲を満足せしめうるものでなければならない。そのためには、翻訳者が自分の翻訳を通じて演戯し演出する喜びを味わっていなければならないのだ。

私は自分の翻訳を擁護するためにそれを強調するのではない。事はシェイクスピア観にかかわる根本の問題なのだ。私がウィルソンの定本を採った理由もそこにある。

彼は単に着実綿密な考証家として優れているだけではない。その柔軟な作品鑑賞力においても凡ではないが、さらに得がたいことに、従来のシェイクスピア学者に欠けていた、いわば演劇的直観とでもいうべきものに恵まれている。それあればこそ、彼のためにシェイクスピア学は大いに深められたのであり、ことに『ハムレット』解釈は決定的な変化を受けたのである。

そう言えばおかしな話だが、従来のシェイクスピア学ないしは一般の批評鑑賞は、シェイクスピアの作品が舞台のための上演台本であることを忘れていた。いや、ある意味では、そのことが不必要に強調されすぎたと言ってもいい。というのは、これまでシェイクスピアの作品が上演台本だということを考慮に入れた学者や批評家のほとんどすべては、ただ部分においてそれを強調しただけであり、しかも大抵はシェイクスピアの矛盾や気紛れや欠点を認め、それを許すための消極的口実としてに過ぎない。

たとえば『ハムレット』第三幕第一場の尼寺の場であるが、ハムレットは壁掛のうしろにクローディアスやポローニアスが隠れていることを知っていたのか、知っていたとすれば、どうして知ったのか、次の劇中劇の場では、クローディアスはなぜ黙劇を中途で止めさせなかったのか、なぜハムレットはクローディアスを殺すのをためらったのか、またハムレットはオフィーリアを本当に愛していたのか、なぜあんな猥褻な言葉をオフィーリアに向って吐くのか、一体ハムレットの異常は佯狂のためなのか、本物の狂気からくるものなのか、等々の疑問を突きつけられたとき、学者や批評家の返答は判で押したような決り文句をくりかえすにとどまっていた。

すなわち、エリザベス朝の芝居は娯楽であり、当時の見物は下等であり、作劇術は粗雑きわまりないものであり、そして天才シェイクスピアもまた単なる座附作者に過ぎなかったという、その一言を人々は免罪符のように振りまわすだけであった。あるいはまた、その一言で、名作『ハムレット』もたちまち駄作の汚名を着せられ、失敗作として葬られる憂目にさえあったのである。

だが、ウィルソンはシェイクスピアの矛盾や気紛れを許すのではない。ウィルソンの演劇的直観という照明を与えられると、それらの矛盾や気紛れは、たちまち霧のように消えてなくなり、登場人物たちは奥深い遠近法の中にくっきりした立ち姿をもって現れ、統一的な行動の強い線を描きはじめるのである。ウィルソンがハムレットの性格について考えるまえに、まず作品『ハムレット』について、その構成や筋について考えろと言うとき、彼は個々の登場人物のおさまるべき遠近法を全体としてとらえることの必要を説いているのだ。

浪漫派のハムレット観はハムレットを『ハムレット』の外に連れだし、遠近法も背景もなしに不当な巨像を造り上げてしまったのだが、その巨像がやがて虚像にすぎぬことに気づきはじめたとき、人々は『ハムレット』のすべてを失ってしまったのである。そのハムレットをふたたび『ハムレット』の中に連れもどすために、ウィルソンがどういう努力を払ったか。今、それについて詳しく述べる余裕はない。しかし、私のハムレット観、ないしそのための『ハムレット』観は完全にウィルソンのそれと一致する。私はむしろ自分の言葉でそれを述べておこう。

前にも度々言ったことだが、ハムレットの最大の魅力は、彼が自分の人生を激しく演戯しているということにある。既にハムレットという一個の人物が存在していて、それが自己の内心を語るのではない。まず最初にハムレットは無である。彼の自己は、自己の内心は、全く無である。ハムレットは自己のために、あるいは自己実現のために、語ったり動いたりはしない。自己に忠実という概念は、ハムレットにもシェイクスピアにもない。あるのはただ語り動きたいという欲望、すなわち演戯したいという欲望だけだ。この無目的、無償の欲望はつねに目的を求めている。その目的は復讐(ふくしゅう)である。決して自己実現などという空疎な自慰ではない。欲望の火はそんなものには燃えつかないのだ。

ハムレットは演戯し、演戯しながらそれを楽しんでいる。そのことはシェイクスピア劇の主人公すべてについて言えることで、ハムレットの場合、それが今日の私たちの眼（め）には度を超えるほどに過剰だというだけのことに過ぎない。というのは、人生を演戯したいというハムレットの欲望は、復讐という目的を得て燃えあがるのだが、そうしてひとたび燃えあがった火は、今度は周囲のあらゆるものに燃えつき、それらを焼き尽そうとする。その激しい演戯欲のために、ハムレットは本来の自己を失う。もしそういうものが在りうるなら、彼は本来の自己を見失って、その他のあらゆるものになりうる。ハムレットは意地悪であり、無邪気であり、冷静であり、情熱的であり、軽率であり、慎重であり、上品な王子であり、下劣な悪友であり、信頼しうる人物であると同時に自分勝手なわがままな男でもある。

ハムレットを演じる役者には、ほんの一寸（ちょっと）した心がけが必要である。シェイクスピア劇においては、自分の役の内面心理の動きや性格をせりふから逆に推理し帰納して、その表現を目ざすという写実主義的教養は有害無益である。ハムレットの演戯法はハムレットに教わることだ。シェイクスピア劇の演戯法はシェイクスピアに教わることだ。そのハムレットは演戯し、演戯しながらそれを楽しんでいる。そういうハムレットを役者は演戯すればいい。演戯ということが既に二重の生であるがゆえに、そこには二重の演戯がある。

これは私の持論だが、人生においても、そのもっとも劇しい瞬間においては、人は演戯している。生き甲斐とはそういうものではないか。自分自身でありながら自分にあらざるものを摑みとることではないか。ハムレットの狂的性格をウィルソンはその自己相剋において説明し、こう書いている。

> 彼を狂気だと見るのは意味がない。しかし、彼が自分のことを「ひどい精神錯乱に悩まされているのだ」と言うとき、誰もその言葉を信じたくなりはしないか。なぜなら、彼は全曲を通じて明かに狂熱の発作にとりつかれているからである。彼はその発作と格闘している。それはオセローが自分の嫉妬と、マクベスが自分の精神的不安定と格闘しているのと同じである。この格闘こそ、彼の悲劇の土台をなすものだと言ってさしつかえない。

ウィルソンの言は正しい。この自己相剋の激しさにおいて、ハムレットは悲劇の主人公の気品と高邁とを獲得するのである。一体、シェイクスピアの周囲のどんな人物が、彼にハムレット創造の刺戟を与えたのか。それは多くの学者の臆測によれば、「才気縦横の気むずかしやで、興奮しやすく移り気の放ったらかしやで、不幸な最期をとげた当時のエセックス伯」であろうということになっている。

福田恆存

解説

悲劇時代のシェイクスピア

シェイクスピアは一五九九年頃から、それまでの清朗な喜劇時代に別れを告げて、いわゆる悲劇時代に入って行ったが、この時代について述べる前に、大半が一五九三年から九六年にかけて書かれた『ソネット集』という詩編について触れておかねばなるまい。全部で百五十四編から成るこの詩集のうち百編あまりは、シェイクスピアが熱烈に思慕を寄せていた或る男性に宛てたものとして書かれている。その男性「ミスターW・H」は、シェイクスピアのパトロンで或る時には彼に千ポンドもの大金を贈ったこともあるH・W・サザンプトン伯ではなかったかと想像する向きがある。サザンプトンはエリザベス女王のお気に入りでエセックス伯の友人でもあった。シェイクスピアはこの男性への切々たる思いとうらみつらみの数々を美しい詩文に託して物語ったのであるが、『ソネット集』の最後の二十八編は、いわゆる「黒の婦人（ダーク・レイディー）」に宛てられたもので、シェイクスピアはこの女性を愛していたが、相手はシェイクスピアの愛する右の男と恋仲になり、彼を裏切ったというふうに描かれている。この女性が（もし実在したとして）誰であるかは定かではないが、シェイクスピアの情人であって、それが友人に奪われたのだろうと推定するのが普通になっている。おそらくそれまでは人生での危機に遭遇したことのなかったシェイクスピアがここで初めて失恋の痛手を味わったのであろう。

シェイクスピアの作風が『ジュリアス・シーザー』あたりから暗さを帯び、『ハムレット』に至って徹底した懐疑に到達したのは何故か。その理由はいろいろあろうが、個人的には、右に記した「黒の婦人」の一件や、父の死、あるいは、サザンプトン伯を通じて知り合ったフローリオの翻訳でモンテーニュを読み、その懐疑論に染まったことなどが臆測として挙げられる。一方、社会的にも、時代そのものが暗さを帯びてきたという事情がある。一六〇一年にエセックス伯の反乱があり、サザンプトン伯もそれに連座して捕えられるという事件が起り、これを境にして、興隆期ルネサンスの波に乗っていた英国社会に暗い影がさし始め、一六〇三年にはエリザベス女王も死去して新王ジェイムズ一世が即位し、時代は一六四〇年代のクロムウェルの革命へと突っ走ってゆくのである。さらに劇壇でも、諷刺喜劇の大家ベン・ジョンソンのような競争相手が現われて、シェイクスピアの独壇場ではなくなり、時期的にはもっとあとのことだが、ボーモントとフレッチャーという共作者が「悲喜劇」というジャンルをはやらせて大当りを取り、それがシェイクスピアの作風にも影響を及ぼしたらしい。いずれにせよ、シェイクスピアがこの期に書いた悲劇、特に四大悲劇（『ハムレット』『オセロー』『マクベス』『リア王』）は、以前のシェイクスピアには見られなかった人生の暗側面への傾斜、悪の露呈、めったに窺えない生の深淵への凝視が見られるのである。

まず『ハムレット』だが、この作はネガティヴに見ると、父の亡霊の命令を直ちに実行しなかったために、みずからを含めて作中の主要人物全部が破滅して殺され、他国の支配に国を委ねるという痛ましい筋立てになっている。むろん、ハムレットはただそれだけのものではない。それだけのものであったなら、世界中の人々から愛され惜しまれる人物とはならなかったろう。ハムレットは亡霊の命令の遂行を引き延ばすことによって、自由な人間として精一杯に演戯し、或る時は大いにはしゃぎ、或る時は大いに悩んで、その果てに遂におのれの宿命をおのずから導き出すのである。前半のハムレットはまだ宿命というものを信ぜずに「To be or not to be」と悩んだが、大詰の彼は「Let be」と信じて敢然と死の宿命に赴くのである。

次の『オセロー』では、同じ悲劇でも趣がぐんと異なる。これは家庭悲劇であって、現代人に最も理解されやすい。主人公の黒人オセローは高潔な将軍だが、それだけに世事にうとく、部下であるイアーゴーの奸計(かんけい)にかかって、愛する妻の不貞を信じこんでしまい、妻を絞め殺した上で、逮捕されることを潔し(いさぎよ)とせず自刃(じじん)して果てる。この劇は全体の構想がよく整い、一直線に劇的緊迫感を盛り上げている。その点でシェイクスピア劇中、最も光っている作品である。

『マクベス』となると、これはまたすごい。劇の冒頭にいきなり三人の魔女が登場して、「きれいは穢(きた)ない、穢ないはきれい」と口ずさむ。これが全編を暗示するせりふとなって、国王になろうとする野心に燃えるマクベスが、魔女の予言と強気の妻とに支えられて国王ダンカンを弑(しい)し、友人の武将バンクォーと、さらには領主マクダフの妻子まで殺すに至るが、しばしばバンクォーの亡霊に悩まされたあげく、妻も夢遊病者となって斃(たお)れ、自分一人になったとき、魔女がその森が動かない限りはお前の身は安全だと言ったバーナムの森が動きだし(兵士が森の木を迷彩に使って攻め寄せるため)、女の腹から生れた者には決して殺されないと魔女に保証されていたのが、攻め寄せて来たマクダフは帝王切開で生れ出たものとわかり、ここに魔女の予言が二枚舌であったことをマクベスは悟って、全宇宙の中で本当におのれ一人だけとなって、刀折れ矢つきて戦場に斃れる。この、超自然的要素の強い悲劇の主人公マクベスは、おのれの宿命を心から信じることができぬために魔女に翻弄される一種の弱者として描かれており、この劇の現代的意味もそこにある。

超自然と言えば、『リア王』の背景もまた地球上の一点ではなく、全世界、いや、全宇宙である。最も信頼していた末娘のコーディーリアが、国土分割の相談の席で他の二人の娘のように甘言を弄して王の気に入ろうと努めなかったことで激怒したリア王は、末娘には何も与えず、国土を二分して姉娘たちに与えてしまう。が、二人は引退した父が訪ねて来ても虐待した上に父を追い出す。リアは忠臣ケントと道化だけを従えて大嵐の荒野をさまよい、遂に発狂する。この頃フランス王に嫁していた末娘は、父の窮状を知って夫と共に軍を進めるが、遂に彼女もリアも敵方に捕えられ、彼女は絞殺され、その死体を見たリアも悲嘆の果てに悶死する。以上が主筋だが、それと平行して、庶子の甘言を軽信して誠実な嫡子を却けたために身を滅ぼすグロスター伯の一件が副筋としてからんでいる。シェイクスピア劇には主筋と副筋が平行している場合が多いが、両者の噛み合いがこれほど成功している例は他にない。とにかく、『リア王』はリア個人の悲劇という枠から大きくはみ出して、全宇宙がどよめくような崇高で激烈な悲劇となっており、その宇宙性を最も象徴しているのが嵐の場面なのであり、末娘の死に表わされている、善に対する悪の勝利は、シェイクスピアの描いた宇宙の暗黒面の極致となっている。『リア王』がシェイクスピア悲劇の最高峰である理由がそこにある。

順序は相前後するが、ここで『トロイラスとクレシダ』について述べておく。ギリシア軍に包囲されたトロイの城中で、トロイラスは神官の娘クレシダを深く愛し、やがて妻とする。一方、神官はトロイを捨ててギリシア側についているが、或る時、捕虜となったトロイの武将と引替えに娘クレシダをトロイから引き取ってしまう。クレシダは別れの際にまた会う日までの貞節を固く誓ったのに、ギリシア側に渡るとまもなくギリシアの部将ダイオミーディーズと愛し合う。一方トロイラスは敵陣に潜入してたまたま妻の不実を目のあたりにし、ダイオミーディーズと戦場で決闘しようと期するが、この劇はその決闘が行われないままに終っている。このようにクレシダは娼婦型の女として描かれ、両軍の英雄豪傑どももヒロイズムを剝奪されて、傲慢な好色漢のように描かれている。作品全体の意図は難解だが、この劇の底には、トロイ方の代表する理想主義と、ギリシア側の現実主義との対立が横たわっており、その対立の中に、シェイクスピアの生きた英国ルネサンスの、新旧両思想の渦巻く姿の反映を見てとることもできる。

悲劇時代に書かれたもう一つの悲劇『アントニーとクレオパトラ』は、ローマの勇将アントニーがエジプトの女王クレオパトラの色香に迷って、かつての味方ローマに歯向い、戦いに敗れて、女王死すとの虚報を信じて自刃し、女王も毒蛇にわれとわが身を噛ませて自殺するという筋書きだが、舞台はローマとエジプトの間を揺れ動き、戦場と個人的な場面とのあいだを慌しく往復する。非常に動きの速い芝居となっているが、それはかつての勇将アントニーの心の動揺にも通じている。『ロミオとジュリエット』が清純な恋の悲劇なら、これは男ざかり女ざかりの爛熟した愛欲の悲劇である。ここにはもう『オセロー』に見られる高らかな愛の讃美はない。ソフィストケートした男女の愛欲絵図があるばかりなのだ。

悲劇『コリオレイナス』も『アントニーとクレオパトラ』や『ジュリアス・シーザー』と同じく、プルタークの『英雄伝』に材を得たローマ史劇であり、その筋書きは、傲慢不遜としかいいようのないほど自信家の勇将コリオレイナスが護民官らの策謀・煽動によってローマを追放され、敵方に寝返って逆にローマに攻めのぼるが、気丈な母や優しい妻の哀願によって進攻をあきらめ、新しい味方を裏切った廉で暗殺者に殺されるというものであり、ここでもシェイクスピアはもう悲劇に酔えなくなっており、主人公がその傲慢さゆえに自滅する姿を冷たく突き放して描いている。

もう一つの悲劇『アセンズのタイモン』の主人公である富豪のタイモンは大層気前

がよく、財産を費いつくすまで友人たちをもてなし続けるが、ひとたび貧窮のどん底に落ちこむと友人たちは掌を返したように寄りつかなくなる。彼らの忘恩に激怒したタイモンはもう一度だけ彼らを招いて白湯の皿でもてなし、徹底的に彼らを罵倒したあげく、アセンズを去って洞穴に住み、極端な人間嫌いとなって世を呪い、人々を痛罵した墓碑銘を残してこの世を去る。

以上、悲劇時代に書かれた悲劇だけを略述したが、この期にもシェイクスピアは幾つか喜劇も書いている。が、四大喜劇の一つと言われる『十二夜』と『お気に召すまま』を除くと、『末よければ総てよし』も『目には目を』も、結末こそ喜劇らしくハッピー・エンドだが、そこに到る経過は、悲劇と同じ深刻さと暗さに包まれており、いずれも一筋縄では解けない謎の要素が濃く、『ハムレット』や『トロイラスとクレシダ』と同じように「問題劇」とされている。

シェイクスピアが衆愚を描いているのもこの期の特長で、シーザー暗殺に始まってブルータスの死で終る『ジュリアス・シーザー』にも、『コリオレイナス』にも、群集心理というものにたいする手厳しい批判が見られる。

とにかく、シェイクスピアは『アセンズのタイモン』によっていわば体内の毒をすべて吐きだしたかのように、もう一度そこで変身を遂げ、もっと落ち着いた晩年の浪漫劇時代に入るのである。

最後に注意しておきたいのは、シェイクスピアの戯曲には殆どすべてに下敷きというか種本があり、シェイクスピア劇は百パーセント彼の独創ではなかったという点である。彼は、先人たちの書き残した物語や戯曲をふるいにかけ、その良いところは伸ばし、悪いところは捨てるといった方法で彼独自の劇を完成させたのである。そこで見のがせないのは、あるいは素材となりえたかもしれない彼自身の人生体験よりもむしろ彼の劇的想像力なのである。

『ハムレット』について

シェイクスピアは一五六四年に生れ、一六一六年に死んだが、『ハムレット』は一六〇〇年頃、すなわち作者の三十六歳頃の作品である。

シェイクスピアの戯曲は大別して四期にわけられる。第一が習作時代、第二が喜劇時代、第三が悲劇時代、第四が浪漫劇時代である。『ハムレット』は第三期の悲劇時代の初めに書かれた。この期間は作者が「仕事場」(習作期)を出て「世間」(喜劇期)にむかったあと、人生の「深淵」へと降って、世界の暗黒面に目を開き、悪を凝視した時期とされ、四大悲劇が書かれた。このあと、シェイクスピアはあたかも台風一過後の澄みきった空のように「高所」に立って世界を見おろし、夢幻的な浪漫劇を書いて一生を閉じた。

『ハムレット』については、従来、一つの通説があった。それはゲーテやコールリッジのロマン主義的ハムレット観に端を発したもので、ハムレットを復讐の荒仕事に適せぬ優男、いわば現実行動を忌避しているメランコリックな文学青年とのみ観る観方である。こういうハムレット観が長いあいだ世間を風靡したのも、あながち理解できぬことではない。ハムレットは、父の亡霊から復讐を命じられても、すぐには実行に移らず、気ちがいになったふりをして時を稼ぎ、作中人物になりきって本物の涙を流している旅役者を見ては、自分の腑甲斐なさを嘆き、勇ましく出陣する同年輩の青年フォーティンブラスを見ては、わが身を顧みて恥じる。そういう弱いハムレット像をあらかじめ示すかの如く、父の亡霊に会った直後、ハムレットは早くも「この世の関節がはずれてしまったのだ。なんの因果か、それを直す役目を押しつけられるとは！」（本文五一ページ。傍点筆者）と叫んでいるのである。

ゲーテは右のせりふのうちに「ハムレットのすべてへの鍵がひそんでいる」と見た。しかし、それは本当だろうか。「純粋で高貴な、きわめて道徳的な男、英雄に必要な強靱な神経をもたぬ愛すべき男が、背負うことのできぬ、それでいて抛りだすこともならぬ重荷に押しつぶされてゆく」というのが真のハムレットの姿であろうか。

ハムレットは、ゲーテたちの言うような薄志弱行の徒ではない。それは、彼が劇中劇の直後に王を刺そうとしたり、母の寝室で敵のクローディアス王と間違えて一気にポローニアスを斃してしまうことで、明らかである。メランコリックな沈思黙考型のハムレット観は、この剣さばきのあざやかな武士ハムレットを見そこなっている。

なるほど、ハムレットは気ちがいになったふりをして復讐の実行を延期する。しかし、それは復讐するのがいやだからではない。復讐の遅延ないし佯狂は、当時の復讐劇につきものだった定法なのであり、したがって、それは、いわばこの劇の前提条件であり、出発点なのであって、その枠内でハムレットがどう動くかということが問題なのである。ハムレットは復讐の道具なのであり、そこから一歩も出られぬ——と同時に、その枠の中で精一杯に主体的に動いているのだ。マクベスは魔女の予言を真にうけて急転直下、破滅への道を駆けくだるが、ハムレットは父の命令を肝に銘じながらも、早まった行動に出ることなく、いわば熟柿が樹から落ちるように宿命がおのずと成就するのを、ゆっくり待つのである。

『ハムレット』はなによりもまず悲劇であり、復讐劇である。悲劇では、主人公は結末において滅びなければならない。また、復讐劇であるからには、主人公は復讐を成就しなければならない。しかし、『ハムレット』は単なる一本調子の悲劇でも復讐劇でもない。父の敵を斃して自分も息たえるまでに、ハムレットはいろいろなことをするのである。彼は復讐の道具として生きると同時に、一個の好青年として、冗談や機知の好きな学生として、ホレイショーなどの友人として、オフィーリアの恋人として、また王妃である母の息子としても生きている。彼は時に応じて慎重であり、軽率であり、冷静であり、情熱的である。ふさぐこともあれば、はしゃぐこともある。だから、時として彼はメランコリックな一面を見せることもあるのだが、それを彼の全体像と見るのは早計である。

「この世の関節がはずれてしまったのだ。なんの因果か、それを直す役目を押しつけられるとは！」というせりふも、文字どおりに解釈してハムレットが復讐を忌避しているととるよりは、大事を仰せつかった青年が「よし、やるぞ」と言ってみたあとで、ちょっと余裕を見せて、「なんと厄介なことを押しつけられるのか」とぼやいてみせたのだ、ととったほうがいい。このようにハムレットは復讐の使命ということにたいしても、いろいろな態度を見せ、一つの立場に偏執していないことを示しているのだ。

ハムレットがこのように「変り身」の術に長けているために、その迅速さに翻弄されて、『ハムレット』を芸術的な失敗作と断じたのはエリオットだった。エリオットは心理的な一貫性をハムレットに求めて、遂にそれを見いだすに至らなかったわけだ。シェイクスピア劇、特に『ハムレット』に現代的な心理の一貫性を求めるのは邪道である。ハムレットは一貫した心理としてではなく、一個の生きた人間として、舞台の上で、自由に、その場その場に即して「演戯」をしているのである。だから、そこには一見して矛盾もある。が、それは作品上の矛盾というより、生きた人間の矛盾なのである。

しかも、ハムレットは単なる作中人物ではない。彼は『ハムレット』劇の作因であり、道具であり、『ハムレット』という一場の悲劇的祭儀の司祭であり、同時にその生贄でもある。彼はまたデンマークの腐敗した社会をわれわれに紹介してくれる案内人でもある。彼が佯狂中に見せる狂態は、そういうデンマークの世界の裏面にひそむ腐敗と裏切りを見ぬいている唯一人の男が、裏側から世界を眺めた結果、生じたものなのだ。佯狂中の彼は、現実の人格をぬけだして、抽象と皮肉とナンセンスの権化となっており、このハムレットは世界の反語的な鏡なのだ。そして、もともと自由なハムレットの性質は、佯狂によって、その演戯の幅を——主に否定的な方向において

――いっそう増大する。

ハムレットは『ハムレット』劇の解説者でもある。彼は反省家なるがゆえに自分の行動ないしは行動遅延を反省して非難するのではない。そういう自己非難のせりふは数多く出てくるが、それはハムレット自身の復讐延期が彼の性格によるものだと示しているのではなく、遅延を説明し、それを橋渡しする役目を果しているにすぎない。そういうせりふは、演戯するハムレットにとって、自己を奮いたたせるための鞭(むち)なのであり、彼は反省と内省にふけることで現実を逃避しているのではないのである。

有名な独白「生か死か、それが疑問だ。……」はしばしばハムレットの厭世(えんせい)主義と自殺欲を表現したものだとされているが、この独白では、ハムレットの復讐の使命はもちろん、その他(ほか)、彼自身のことは、直接には一言も触れられていない。ハムレットは、ここで、彼自身を始めとした人間の腑甲斐なさを客観的な解説者として語っているのであり、思うに、この独白における作者の意図は、死にたいする人間一般の怖(おそ)れと、反省癖を、主人公の口を通じて語らせると共に、ハムレットにまだ死にたいする十分な覚悟ができていないことを表現することにあったのだ。

が、「生か死か……」と逡巡(しゅんじゅん)したハムレットは、やがて劇の終局にむかうにつれて迷いを払いのけ、「一羽の雀が落ちるのも神の摂理。来るべきものは、いま来なくとも、いずれは来る――いま来れば、あとには来ない――あとに来なければ、いま来るだけのこと――肝腎なのは覚悟だ。いつ死んだらいいか、そんなことは考えてみたところで、誰にもわかりはすまい。所詮、あなたまかせさ」（本文二〇七ページ）と言ってのける透徹した現実家となるに至る。この、「生か死か……」のハムレットと、「所詮、あなたまかせさ」のハムレットとのあいだには、大きなギャップがある。そのあいだにハムレットの胸中にはどんなことが起ったのか。それが英語で書かれた最初の「教養小説」といわれる『ハムレット』における最大の謎である。この心理の転換は説明ぬきで提示されている。『ハムレット』は心理劇ではなく、行動劇だからである。

『ハムレット』は暗黒の場面に始まり、澄みきった光の中で終る。この劇はそのように演出されることが多い。ハムレットの代表するデンマーク国が、冒頭では、闇の中にあって膿を出し、腐敗のどん底に喘いでおり、ハムレット自身が暗中模索しているのに反し、大詰では、すべての陰謀が明るみに出され、デンマークは膿を出しきって生れ変り、ハムレットも自己の宿命に目ざめ自分自身になりきって死地に赴いたことを、ほとんどの演出家が認めているからであろう。

『ハムレット』は、批評家のたてる雑音にもかかわらず、常にシェイクスピア劇の中で最もよく上演される芝居となっているのである。

中村保男

シェイクスピア劇の演出

一　全般的な心構え

シェイクスピア劇の演出について、二三、注意すべき事柄(ことがら)を述べてみたいと思います。しかし、そのまえに申しあげておきたいことは、まずなによりも、演出の意識過剰に陥ってはならぬということであります。それは、なにもシェイクスピア劇にかぎらず、劇の本質上、あらゆる戯曲についていえることであります。私はそのことについて度々書いてきましたが、ここでくりかえし強調しておきます。

劇の在りかたは、家庭とか国家とか社会とか、私たちの日常生活における人間集団の在りかたとよく似ていて、種々の対立、矛盾に満ちたものであります。というのは、たとえば、『ハムレット』において、ハムレットとクローディアス王とが対立しているということだけではなく、ハムレットを演じる役者とクローディアス王を演じる役者との間にも時には利害の対立が、時には性格や演技の対立が在りうるということです。同様に、役者と劇作家との間にも、様々な対立や抗争が見られます。

が、もちろん、対立だけではどうにもなりません。一つの芝居を作りあげる以上、その前提には、劇作家と役者との間に、役者相互の間に、ある種の信頼感がなければならない。一つの芝居を作りあげるために参加している人々は、たがいに対立し自己を主張しながら、同時に、この信頼感のもとに自己を殺さなければならないのです。その意味で、劇の在りかたは、本質的に「民主主義」的であるといえましょう。それが「民主主義」的なものである以上、ただ全体の統一のことばかり考えて、参加者めいめいの自己主張をおさえてしまうことは許されません。というのは、本当はおさえてしまったほうがいいのだが、それではうまくいかないから、過渡的・便宜的に各人の自由を許すという意味ではありません。

劇における「個人の自由」は、たんなる「必要悪」ではないのです。それがなければならぬものなのです。したがって、信頼感といっても、それはこの矛盾対立をたがいに認めあうための信頼感でなければなりません。もちろん、逆にもいえます。対立における各人の自由も、所詮（しょせん）は信頼感にもとづく全体の統一に到達しうるものでなければならぬのです。つまり、対立と信頼とは、同時に、同じ程度に必要であり、その両者は両立しうるのです。とすれば、演出家の役割は、その両立の兼ねあいにかかっているといえましょう。演出家がその範囲を逸脱して、ただ全体の統一をねらおうとすると、大きな危険が待ちかまえております。なぜなら全体の統一といっても、その拠りどころは、結局は演出家個人の恣意にたよる以外に方法はないからです。

かれにとっては、劇作家、すなわち脚本と役者との間の対立が気に食わぬばかりでなく、かれ自身と脚本との対立が、まず気に食わなくなる。演出家のうちには、当然、劇作家と役者とが存在しているわけですが、その劇作家としても役者としても、まず脚本が気に食わない。すくなくともそこには気に食わぬ部分がある。するとどうしても、脚本をかれ自身の気に入るように歪めようとします。せりふを変えぬまでも、いや、せりふを変えぬからこそ、与えられたせりふそのままでも、まったく異なった成果をあげうるだけの強烈な意図をもとうとし、またそれを舞台のうえに打ちだしていこうとします。結果は、すべては演出家の意図のために存在するということになる。舞台は整然たる秩序と統一に支配されているように見えながら、そこには生命の本質である矛盾対立がなく、死んだような機械的整合があるだけであります。

こういう演出中心主義的な企図にとって、シェイクスピア劇は、はなはだ好都合なものであるといえましょう。第一に、文句をいう作者が現存しておりません。第二に、当時は現実感をもっていたエリザベス朝人の生活感情の側からも文句は出ません。というのは、たとえば『ハムレット』の亡霊、『マクベス』の妖婆、これらは、エリザベス朝人にとって、ある程度の実在感をもっていたのでありますが、これを現代流にハムレットやマクベスの内的心理の象徴というような見かたをし、そのように演出しても、エリザベス朝人から文句は出ないということであります。つまり、古典は古典であるだけに、その現代的解釈の余地が、現代の作品にくらべて、はるかに多く残っているということです。いいかえれば、私たちから離れているだけに、それを私たちに近づけることができる。しかも、困ったことに、それだけで、私たちはなにごとかをなしおえた満足感をおぼえるのです。一種の権力欲です。それを自己表現のあかしと錯覚するのです。が、じつは、それは、表現するにたる自己をもたぬものが、他人のうえに残した自分の爪痕を見て、ようやく自己の存在のあかしを見て喜んでいるにすぎず、真の自己表現とはいえません。

右にあげた亡霊や妖婆についていえば、それはエリザベス朝人にとってと同じように、実在せるものとして扱われるべきものであります。それを内面心理の表白として位置づけるのは、観客の役割、厳密にいえば、観客の無意識の役割であって、演出家の意識の役割ではありません。演出家の意識過剰がそこまで出しゃばると、観客はもうおのれのなすべきことを奪われ、かえって亡霊や妖婆の虚偽に反撥するでしょう。その意味では、すなわち、深い無意識の領域においては、今日の観客もエリザベス朝時代の観客も、そう本質的な相違はないのであります。

シェイクスピア劇が権力欲に駆られた演出家に、このうえなき好餌と見える第三の理由は、一見、隙だらけだということです。隙だらけというのは、近代劇、現代劇にくらべての話であります。第一に、主題というか、作者自身の主張がはっきりしませんし、第二に、現代流の分析的な心理主義の観点から、登場人物の心の動きに飛躍があります。そこで、演出家はシェイクスピア劇の衣を借りて、自分の主張を打ちだそうとしたり、現代的な解釈によって主題を明確にしようとしたり、またそれぞれの登場人物の心理にも性格的な一貫性を与えようと努力したりします。なるほど、それもある程度まで必要でしょうし、おもしろい試みとはなりましょう。が、それは、あくまで、「ある程度まで」の話で、その点、演出家はどこまでも慎しみ深くなければなりません。

といって、私は、古典は、できるだけ当時の姿において読まれなければならず、古典として演出されなければならないということを強調しようとしているのではありません。古典劇であろうと、現代劇であろうと、劇の本質に変りはない。すくなくとも、西欧における、演劇というものの在りかたに変りがあろうはずはないのです。それなら、シェイクスピア劇の演出という特別の演出法も存在するわけがないということには、それが他のどの脚本よりも、劇の本質に深く根ざしているということであります。すくなくとも私にとって、シェイクスピア劇を上演するばあい、とくに興味あることばならぬ事柄も随分たくさんあることと思います。が、私たち現代の日本人にとって、ーやピランデルロとくらべて、シェイクスピア劇の演出においてとくに注意しなけれなります。もちろん、こまかい技術的な問題になると、イプセンやチェーホフ、ショ

二　効果ということ

シェイクスピア劇が劇の本質に根ざしているなどということをいいだすと、これまた話が本質的になりすぎて、切りがないので、ここでは演出のさい直接的に現れる効果ということについてお話ししましょう。

シェイクスピアはなによりもまず詩人だったという人がいる。すると、他方、かれはなによりもまず劇作家だという人がいる。私はどちらももっともだと思います。しかし、かれの作劇術を現代劇の巧緻(こうち)なそれと比較して、支離滅裂なりと見なし、その弱点を救うために、詩人としてのシェイクスピアを強調しようという傾向には、私は反対します。かれの作品のすべてとはいいませんが、その大部分は支離滅裂どころか、じつにすぐれた作劇術によって書かれていると思います。それがなぜ現代人の眼(め)に支

離滅裂と見えるか。いうまでもなく、現代演劇の、あるいは現代文学の心理主義にとらわれて、シェイクスピア劇の心髄を見そこなっているからです。シェイクスピア劇は心理劇ではありません。また性格劇でもありません。

ギリシア悲劇が運命の劇であるのにたいして、シェイクスピアの悲劇は、主人公の性格のうちに、悲劇の因（もと）があるという見かたから、性格の劇であるといわれております。そこまではよろしい。が、だからといって、シェイクスピア劇は性格を描いたものだということはできません。心理的に辻褄（つじつま）が合わぬばかりでなく、性格という点でも、時には辻褄が合わなくなること、すくなくとも、性格上の辻褄などどうでもいいと思われること、そういうところがシェイクスピア劇においては、随所に出てまいります。

じつは現代劇においても、性格描写は二の次であって、それが劇の目的ではありえないのです。すぐれた脚本については、そういうことがいえます。なぜなら、劇は、心理にせよ、性格にせよ、運命にせよ、それを描写することを目的とはしないからです。ただ、現代人は合理的な思考にならされているので、現代劇は当然、性格描写において、合理的にならざるをえない。現代劇における性格描写はそれだけの消極的な意味しかもってはいないのです。ところが、その消極的、第二義的な面だけが、強調され、その点で、ぼろをださぬように心がけた結果、現代劇はつまらなくなりつつある。にもかかわらず、逆に、その点からシェイクスピア劇を見て、隙だらけだという。が、それはまちがっています。

結論を申しますと、シェイクスピアは、性格や心理の描写において、ときに手ぬかりやあいまいさがあるにしても、劇的効果という点では、何人(なんぴと)もおよばぬほど的確であり忠実であったということです。とすれば、役者もまた、他のなによりも、この劇的効果にたいして忠実であり、そのための的確な演技ということを考えなければならないはずです。誤解してはなりません。私は「要するに、シェイクスピアは座附作者(ざつきさくしゃ)さ」というような安易な結論をいおうとしているのではない。それはこういうことです。

まずシェイクスピアの脚本を与えられたなら、演出家も役者も、たとえば「ハムレットの性格は?」とか、「このばあいのマクベスの心理は?」とかいうことに、あまりとらわれてはなりません。役者が現代劇をやるばあいに、よくやることですが、自分のもらった役のせりふのすべてから、その役の性格や心理を帰納的に抽出するということは、もっとも避けねばならぬことです。極端にいうと、その場その場のシチュエイションによって生じる効果だけを考えていればいいといえましょう。たとえば、ハムレットとポローニアスとの対話がある。このばあい、ハムレットは真の狂気か佯狂か、あるいは臣下にたいして横暴な男か思いやりのある男か、軽薄か意地悪か、そういう認識は大して意味のあることではない。同様に、ポローニアスが主人思いかどうか、オフィーリアをどうしようとしているのか、そうした個人的な穿鑿もあまり役にはたたない。すくなくとも、役者はそういう分析から役にはいっていかないほうがいいのです。

シェイクスピアが一つの劇を書きあげるとき、どういうところからはいっていったか。そのことを考えてみるといいと思います。制作時のかれの意識は、まず事件を書くことでした。最小限度、それだけは明確に意識のうえにのぼっていたといえましょう。つまり、劇の効果を、かれはつねに過たず追っていたのです。それならば、役者も、そういう制作時代の作者の心理を追うに越したことはありますまい。ハムレットをふられた役者は、ハムレットの性格の分析からではなく、劇中においてハムレットが演じる役割の把握から、自分の役にはいっていくのが自然なのです。このことは、すべての役についていえます。ハムレット役者はデンマークの王子を演じようとするまえに、主役ないしは立役を演じなければなりません。ポローニアス役者は老臣を演じるまえに、道化役を演じなければなりません。クローディアス役者はデンマークの王を演じるよりも、まず敵役を演じなければならぬのです。

それが作者のねらう劇的効果にもっとも忠実なる方法であります。私のいう劇的効果がたんに技術的なものでないことは、いうまでもありません。もっと内面的、本質的なものであります。不安、怒り、悲しみ、懐疑、嫉妬、愛欲、憎悪、我執、野心、侮蔑、その他もろもろの情熱を刺戟し、浄化する劇的効果のことであります。『ハムレット』なら『ハムレット』において、この刺戟と浄化の過程がいかに組み合わされ、いかなる順序によって展開されていくか、そして各場各場が、その全体的効果に到達するために、どういう役割をはたしているか、さらにその場のなかで自分がどういう役割をはたさねばならないか、そのことこそ、めいめいの役者の最大関心事であるべきです。

ここに一つの疑問が残ります。それでは、ハムレット、ポローニアス等々の性格に矛盾ができてきはしないかということです。なるほど、ある意味では、矛盾も出てきましょう。ハムレットは向う見ずなところもあるし、軽薄なところもある。かと思えば、沈鬱でもあり、慎重でもあり、懐疑家めいたところもある。ひどく酷薄であるかと思うと、また大層やさしく、人なつこい。そういう点では、矛盾していますが、人間の性格は、懐疑家型とか行動家型とか、簡単に割り切れるものでしょうか。あの人は善人だとか、人情家だとか、そんなふうに割り切れるものでしょうか。いったい私たちに性格などというものがあるのかどうか。あったにしても、それが、一定の期間に一定の相手との間に生じる言動のうちに、単純に現れるものではありますまい。ハムレットにしても、かれが喋(しゃべ)ったりおこなったりしていることがらからだけ、自分を判断されては迷惑だというかも知れません。エリオットではないが、劇のせりふは、その一つ一つが、そのばあい、そうではなくいえたものばかりであります。すなわち、そのばあい、ああもいったかもしれず、こうもいったかもしれぬ十のせりふのうちの一つだということです。せりふにかぎりません。行為についても同様です。ということは、別様にいったら、また別様に行為したら、異なった性格に見えたかもしれぬということです。ハムレットの性格がその言動だけから判断できぬならば、軽々にハムレットの性格などを規定せぬがいいのです。が、それはハムレットに性格がないということではない。むしろ、ハムレットが一つの性格として生きているということを意味します。ハムレットはハムレット以外のなにものでもありえぬように立派に生きております。

　別様にも喋ることができ、別様にも行為しえたハムレット——役者がそこに達するために、私は性格分析などということに捉(とら)われるなと申しているのです。まえにいった現代劇のつまらなさは、作者が性格や心理の合理性にこだわっているからです。さらに役者がそれにこだわって、現代劇をますますつまらなくしているといえましょう。

ここで、シェイクスピアは性格描写などを目的としていなかったという私の言葉をおもいだしていただきたい。くりかえしていいますが、劇は描写ではありません。「第四の壁」という演劇観は、シェイクスピアのうちには存在しなかった。一つの部屋の四つの壁のうち一つをとりはらって、観客に見えるようにしたものが劇だという考えほど、劇をつまらなくする考えかたはない。それなら観客は見ているだけです。のぞいているだけです。役者はのぞかれていることを知らぬふりをして、舞台と客席との間に壁があるごとく、すなわち人生そのままに芝居をやるということになる。それなら、劇は描写です。役者は性格や職業や、感情や、その他すべてを肉体で描写すればいいのです。

が、シェイクスピア時代の舞台では、プロセニアム・ステイジ（額縁舞台）ではなく、能舞台のようなエプロン・ステイジ（張出舞台）でした。額縁の中の絵を見るように、客席から眺められていたのではなく、観客と交歓できるように客席の中に突き出ていたのです。当時の観客が求めていたことは、同時にまたかれらに求められていたことは、劇中人物と同様の情熱を体験することだったのです。各場各場の展開にしたがって、刺戟と浄化の過程を味わうことだったのです。

さきほど役者が効果に忠実でなければならぬといったのは、この観客の心のうちに起る心理的効果をあげるのに忠実でなければならぬということにほかなりません。ハムレット役者はハムレットの性格を描写するのではなく、観客がそのつどハムレットにこうしてもらいたいと願うことをやってのけることによって、観客の心理的願望を満たしてやらなければならない。

私はいままでいろいろな機会に、劇における観客の主体性ということについて述べてまいりました。それをもう一度ここで強調しておきたい。ハムレット役者は、ハムレットの僕であるまえに、観客の僕でなければならぬのです。観客に劇を創造する主体性を与えるように演技しなければならぬのです。個人的な性格よりもまず立役、道化役、敵役を演じなければならぬという意味も、そこにあります。

さて、そのことと関聯して、ここで、効果という問題のもっとも重要な段階にさしかかります。シェイクスピア劇では、役者は観客が自己の心理的効果を充実させるため、観客の身代りとして、舞台にのぼっているのだということを忘れてはならないのです。かれらは観客の欲望の代行者であります。それなら、そのような方法があるはずです。ここに、よくいわれる「役に成りきる」ということが問題になります。これはあまりに字義どおりに解釈され、過って通用しているように思われる。「役に成りきる」というのは、ハムレット役がハムレットに、マクベス役がマクベスになりきることでしょうか。それなら、役者はハムレットやマクベスの僕になってしまうことで、観客の僕、観客の身代りではない。これは、やはり、立役、道化役、敵役になりきることを意味するものではないでしょうか。

額縁舞台の向うでの性格描写なら、ハムレット役者はハムレットになりきり、客席からの要求は一応は断ち切っていい。リアリスティックな描写に徹して、あとのことは、それを眺める観客にまかせればいい。このばあい、役者の意識は、ただハムレットの言動を追うということだけでいいのです。が、張出舞台で、たえず観客の要求にせきたてられている役者は、自己の肉体をハムレットに預けながら、意識はつねに観客のものになっていなければなりません。というのは、かれはハムレットでありながら、同時に、その解説者として舞台と客席との通路に立っていなければならないということになります。

が、それは役者の側から見てこそ解説者でありますが、観客の側から見れば、もっと能動的なもので、いわば操り手であります。観客がハムレットを操ろうとする行動を満足せしめるように演じなければならぬのです。観客に代ってハムレットを操らなければならぬのです。そこに分裂があります。役者がこの分裂をあえて見せることによって、観客は舞台上のハムレットを自分の所有に帰することができるのです。たとえ額縁舞台であっても、その額縁の向うからこちら側にハムレットを奪取することができるのです。

しかし、この分裂を見せるということは、実際にはどうしておこなわれるか。そこに私が演戯と呼ぶものの真の在りかたがあるのです。ハムレット役者は、いや、ハムレットは、懐疑家であってはならないのです。懐疑家を「戯(たわむ)れ演じる」演戯者でなければならないのです。不安や苦痛や憎悪や死、それらに弄(もてあそ)ばれるもの、あるいはそれらにたいして、たんなる受動的立場にあるものであってはならない。シェイクスピア劇の人物は、ことに主人公はそれではだめです。ハムレットは受動的な懐疑家ではなく、積極的に懐疑家を演じうるものでなければならない。それだからこそ、ハムレットの懐疑は行動家に道を通じているのです。

また、それであればこそ、観客も受動的な情熱から解放されるのです。不安や苦痛のまえに受動的に沈黙することなく、それを乗り越える力の充実感を身につけて、悲劇を見ながら明るい表情で劇場を立ち去りうるのです。観客にそれだけの余裕を与える演技でなければならない。そのためには、役者がハムレットやマクベスを操っているおもしろさを観客に始終、感ぜしめていなければならないのです。極端にいうと、「そら、これから懐疑家ハムレットをお見せしますよ」「そら、これから弱気のマクベスを御覧に入れますよ」といった構えが必要です。役者の側からいえば、それが解説的ということです。が、その余裕があればこそ、役者も観客も、次の段階で行動的なハムレット、ふてぶてしいマクベスに易々(やすやす)として移行できるのです。

もちろん、この役を操る手つきは、浅いところで、あざとい形で見せてはなりません。観客に対する効果は、安易な「受け」をねらってはなりません。たしかにその危険はあります。が、それは同様に、いわゆる役に「成りきる」という描写的リアリズムの演技にも附(つ)きまとうものです。役を操る手を見せるというのは、一口にいえば、役者は登場人物の一人であるばかりでなく、作者の心になりきれということです。劇的効果の一貫性を保とうとする作者の立場になれということです。なぜなら、シェイクスピア劇は、つねにそういうふうに書かれているからです。現代劇は、それにくらべれば、役者に登場人物中の一人として、部分にとどまるように要求しています。全体は作者にまかせておけといった形です。逆にいえば、役者に許さぬものが、なにか作者の側にあるのがつねです。が、シェイクスピア劇では、役者もまた作者にならなければならない。作者もまた役者にならなければならない。作者と役者と観客との三(さん)

位一体があるのです。

したがって、劇的効果をねらって過たぬというものが、作品の深いところに隠されているのであります。劇的効果に忠実であれば、性格も心理も運命も宇宙も把握できるということが、シェイクスピア劇の秘密であるといえましょう。いいかえれば、私たちは『ハムレット』の劇的効果を追求することによって、ハムレットの性格のもっとも深いところに到達できるのです。喜劇についても同様です。たとえば、『じゃじゃ馬ならし』ですが、この主人公のペトルーキオーは、女というものをどう考えているのか、そのせりふのごとく、自家の家畜や田畠のごとく考えているのか、そんな詮議をするよりは、どうしたらお客が腹をかかえて笑うか、それを考えたほうがいい。

この芝居が本当におもしろくなるためには、ペトルーキオーはかれのせりふにあるように女を家邸と考えるような男であってはならないのです。ただそういってみているだけでなければならない。そういう途方もないことを喋り、意表に出て相手の女をへこますところが、ただ観客にはおもしろいのです。本気ではなく、それだけの余裕がかれの罵声にともなわねばならないし、その鞭を受けて反抗したり、小さくなったりするケイトのほうにも、そうしながら徐々に変っていく過程を見せる余裕がなければならないのです。そうすれば、ペトルーキオーの強引さはワイルド・ヒーローの野性的魅力ではなく、子供を扱う大人の思いやりやさしさを伴ったものとなりましょうし、ケイトの反抗も従順も、それを見ぬいた無邪気な智慧に裏づけされたものとなってきましょう。こうして、おのずから性格も心理も立派に表現できるのです。

三　テンポについて

シェイクスピア劇の演出において、テンポの早さということは、人々が考えている以上に重要な問題であります。

すでに申しましたように、劇は、ことにシェイクスピア劇は、描写が目的ではありません。観客のうちに、刺戟と浄化の過程を通じて、一定の心理的効果をよびおこすことが目的であります。それは日本の歌舞伎についても同様であります。そのうちのすぐれたものは、その点で決してねらいをはずしてはおりません。が、歌舞伎はときおり描写に沈湎することがあり、その堕落した形式においては、そこに役者の第一義的目標が置かれることも間々起ったのであります。しかも、それは性格の描写ではなく、風俗の描写に堕しさえしたのです。たかだか情緒の描写にしかなりませんでした。たとえば、炬燵を間にした男女の濡れ場で、しぐさや小道具の使いかたが、いかに写実的であるかを、役者は売物にし、観客もまたそれを見わけることを見巧者の誇りにしたのであります。また、男に捨てられた女の悲しみを踊りで描写したり、写実で描写したりしました。その結果、そのこと自体が、芝居の流れから独立してしまい、劇的効果の一貫性をそっちのけに、役者も観客も、舌なめずりするようにして、その場だけの風俗や情緒にまつわりついていったのです。それもそのはずで、そうした風俗や情緒は、その芝居固有のものではなく、それだけとりだして、一般的なものとして鑑賞しうるものですから、当然、その前後の劇の流れから独立してしまうのです。こうして歌舞伎には、そういう独立した場がいくつかつながっているだけで、劇として一貫した効果に乏しい作品がたくさん生じました。はじめから脚本がそういう組立てのものであるばあいもあり、役者の描写的演技によって、実際以上にそうなってしまったものもあります。

この演技の伝統が新派にも新劇にも流れこんでいて、それがシェイクスピア劇をやるばあいに邪魔になることが多いのです。前章に述べた性格描写もそれです。僕の一つ一つの完結性、せりふやしぐさの一つ一つの完結性、あるいはある場に登場している二三の人物の心理的必然の完結性ないしは定着性、そういうことに捉(とら)われて、劇の流れをせきとめてしまうのです。たとえば、Aの人物がなにかいう。それをBが聴きとる。Aは自分の言葉が相手の心に与えた効果がその表情に現れるのを待っている。

待っているわけです。これが必要以上の間を生じる。そしてさらになにかいう。つまり、一つ一つのせりふがそれぞれの場に落ちつくのを待っているわけです。これが必要以上の間を生じる。

もちろん、日本の戯曲はそういうふうに書かれていることが多いのです。が、シェイクスピア劇では、そうではない。リアリスティックな意味でいっても、その登場人物は、一々相手の思惑や顔色を見ながら、ものをいってはおりません。もちろん、そういうばあいもある。が、そんなときでも、劇的効果としては、もっと直線的であります。それはあくまで劇的対話でありながら、やはり観客の一人一人の心のなかで次々に火花を散らしながら展開していくように書かれております。一人の人間の強烈な意識が一人芝居を演じるように書かれているのです。

私はロンドンでシェイクスピア劇が演じられるのをいくつか見ましたが、そこにはほとんど間というものがない。整然とたゆみなく、せりふが頭上で鳴りひびいているという感じです。ただせりふの速度が早いばかりでなく、それを受け渡しする心理的な速度が早いのです。当然、写実的には必要な、しかし劇的効果の一貫性としては無駄な、しぐさというものは、一切ありません。この点は歌舞伎と同じですが、用のないときは、舞台の隅にいつまでも黙って動かずにいる。それが不自然だとも思わなければ、日本の新劇の役者のように「間がもてぬ」などと文句もいわぬようです。シェイクスピア劇はそういうふうに書かれているのです。部分の必然性を生かすために寄り道して、劇が全体の過程を駈けぬけるテンポを落してはならぬのです。いや、劇の全体の過程が観客の心理のうちで一つの輪を描き終るためには、どうしてもテンポの早さが必要なのです。それは物理的な問題です。錯覚の原理でもあります。たとえば、いま地球一周を企ててみるとしましょう。もし私たちが足でゆっくり歩いていくならば、なかなか出発点に戻れず、地球はどこまでも平たく延びているもので、球体であるという実感はもてない。が、飛行機に乗って一週間で世界をまわり、もとの地点に戻ってくるならば、さらに将来、数時間で世界一周ができるようになったならば、地球は私たちの眼にはっきり一箇の球体として実感できるでありましょう。同様に、ある情念の刺戟と浄化という完結した心理的効果には、ある程度のテンポの早さということが必要であります。第一段階の刺戟の上にのって、第二段階の刺戟がおこなわれなければならない。この心理的持続が何よりも大事なのです。もちろん、緊張の持続に疲れるということもありましょう。が、そういうばあい、シェイクスピアは、幕を閉じて観客に休憩を与える代りに、コミック・レリーフというものを用意しております。しかもそれはたんなる消極的な息ぬきであるばかりでなく、それ自体としても、積極的な効果があり、観客の心理の深みに降りていく作用をもっているのです。

このテンポということで、考えてみなければならぬことは、場割りと装置ということであります。シェイクスピアの戯曲はどれも五幕に分たれており、その一幕一幕がまたいくつかの場に分れております。一場で一幕のときもありますが、多いときは一幕十場を越えることもあります。が、この幕の区切りは、原作者シェイクスピアの与り知らぬことで、十八世紀の学者がこしらえたものであります。シェイクスピアはただ場の区切りしかやらなかったのです。ですから、厳密には『ハムレット』は二十場の芝居であり、『マクベス』は二十八場の芝居であるとだけしかいえません。しかも、後者は前者の半分あまりの長さでありながら、場数は多い。また、時として十行位の短い場もあれば、五百行、七百行という長い場もあります。

さらにいえば、この場の区分さえ、シェイクスピア劇においては、さほど決定的な意味をもたないということになります。もちろん、形のうえから見れば、その区切りは明瞭にあります。そこに登場していた人物が、すべて退場したとき、それが一場の終りです。そして大体において、そこで場所が変ると見ていいのです。森の中から宮中の一室に、あるいはロンドンからどこかの田舎にといったぐあいに変ります。しかし、そうとのみは限らない。場所が違ってもいいが、そしておそらくシェイクスピアは違ったつもりで書いていたのであろうが、前と同じでも構わないことがあり、また同じであるほうがいいこともあるのです。

のみならず、登場人物が全部たちさって一場の終りとなるということも、形のうえだけのこと、あるいは筋書の必要上だけのことで、美学的に、そこでなにごとかが完結したということを意味しはしません。今日の芝居の幕切れとはちがうのです。筋書の必要上のことにすぎぬから、短いのもあれば、長いのもあるというわけです。そして、その差が、観客の心理に、なんの意味ももってはいない。なぜなら、そこで決定的に区切られてはおらず、劇全体が一つのものとして受けとられているからです。そこには切れ目がなく、劇の流れは、ずっと引きつづいて流れているからです。とすれば、そういう一つづきの流れが切れずに観客の胸にたたきこまれるように注意しなければならない。あるいは、シェイクスピア時代には、幕間（まくあい）なしに、一気に全場が上演されたのかもしれません。そういうことを考えてでしょう、今日、イギリスでは全体を三つに分けて上演していますし、アメリカでは、一度の幕間で、すなわち二つに分けて上演されております。

それは、まえに申しましたエプロン・ステイジというエリザベス朝時代の舞台の構造を考えてみると、合点（がてん）がいくのです。客席に突き出ている舞台ですから、幕というものが使えません。したがって、装置は今日のように幕ごと、場ごとに変えるわけにはいきません。ルネサンスのヴェニスと古代のローマとの別もなければ、屋外と屋内の別もないわけです。シェイクスピア劇に幕の別がなく、場の区切りも決定的ではないということが、こういう形式上の制約から来ていることは、申すまでもありません。が、その結果は、たんに形式上の問題にとどまらなかったのです。シェイクスピア劇の本質にまで影響を与えております。あるいは、それは影響というべきでなく、シェイクスピア劇の本質が、そういう舞台上の制約をただ得としたというだけのことかもしれません。アリストテレスはギリシア悲劇を論じて「三つの統一」ということを申しております。「三つの統一」というのは、第一に、筋、行為の一貫、第二に、時間の限定、第三に場所の同一、この三つであります。第一の筋の一貫性というのは、劇の行為は脇道（わきみち）にそれず、主筋が単純な一本の線として強く通っていなければならぬということです。第二の時間の限定というのは、劇の発端から終局までは、現実の時間として一年にも二年にもわたるものではいけない。せいぜい一昼夜の出来事でなければならぬというのです。第三の場所の同一性は、一つの劇において、あちこちの場所に事件がとんではいけない。一つの場所で起る出来事でなければならぬということです。いや、「ねばならぬ」というより、ギリシア悲劇では、そうなっているというのです。

ところで、シェイクスピア劇においては、この三つとも完全に破られております。時間も数週間、数カ月にわたります。場所もあちこちに移動します。もちろん、「三つの統一」は作劇術における金科玉条ではないが、やはり非常に重要なことであります。なぜなら、それによって、私たちは完結した世界の造型性を感得するからです。とすれば、シェイクスピア劇に「三つの統一」がないということは、どうも困ったことだということになります。が、じじつは、少しも困りはしません。よくいわれることですが、シェイクスピアは「三つの統一」を破ることによって、その世界を自由闊達で豊富なものにしたのであります。ギリシア悲劇の静的な美にくらべて、シェイクスピア劇には流動的な美があります。

が、その流動性が美を獲得するためには、どうしてもテンポが必要になるのです。ただ流れ動くものは、とめどがない。つまり、完結せず、造型美をもちえないのです。それればかりか、ただ流れ動いているだけでは、私たちはそれを動いていると認めることさえできないのです。それは静止をめざして動かなければならない。そして、それが一定の終点をめざしているという心理的実感はテンポによって与えられるのです。

テンポのみが、私たちに完結と静止の造型美を感じさせるのです。シェイクスピア劇の流動性というのは、そういうものです。

なるほど、シェイクスピア劇では、場所はあちこちにとびます。場と場とのあいだの時間が数週間におよぶことがあります。が、まず本を読んでごらんなさい。現実の場所や時間は、そうでありますが、読者の私たちに与える心理的な場所や時間は、決して動きはしない。それは引きつづき同じ場所で起っていることのようにしか感じられないのです。すくなくとも、場所はどこだとか、どのくらい時間がたっているかということを、私たちは一々気にせずにすましています。そんなことはただ現実の約束事だけで、劇の場所と時間は、それとは別の次元に、エリザベス朝の張出舞台で同一背景のもとに一気に演じられたように、私たちの心のなかで継起しているのです。主筋も副筋もない。主筋となんの関係もない出来事や人物が、私たちの無意識の底では、主筋をふくらませたり、その鏡になって複雑な陰翳を与えたりしているのです。

シェイクスピアは「三つの統一」を破ってはいない。すくなくとも、読者や観客の心理のうちにおける「三つの統一」を破ってはおりません。前章でいったように、シェイクスピア劇のリアリティーは観客の心理的効果のうちにあるのです。この心理的な「三つの統一」を守るために、演出上のテンポが必要になるのです。ただ早いばかりが能ではありません。テンポにのる快感を与えることが大事であります。今日でも、エリザベス朝の舞台における同様、装置はなるべく簡単にし、できれば廻り舞台を使いたい。それも歌舞伎のように三方飾りができるというふうにではなく、構成的に一つの装置で、それを廻して、ただ角度の相違で場の変化をだし、観客に同一の世界のなかを経めぐっている感じを与えることが必要です。幕間も、今日の観客の生理的疲労という点からのみ考慮し、できるだけ少くするほうがいいのです。

最後に、テキストですが、シェイクスピアの原文は、御承知のようにブランク・ヴァースで書かれております。これは弱強の音が交互にひびき、それが五回くりかえされて一行をなす詩形です。そこにリズムが生じ、テンポ感が生じる。また、相当にテンポを早くしても、その弱強のリズムがあるために聴きとりやすい。のみならず、英語は子音が強いので、早く喋っても、言葉がくずれません。が、翻訳では、ブランク・ヴァースの妙味はだせません。日本語は母音の強い言葉で、早く喋るとわけがわからなくなります。正直な話、日本語のシェイクスピアは、役者の手にわたるまえ、すでにその美の九十パーセントは死んでおります。その残りの十パーセントに、私たちはなにを期待しうるか。翻訳の正確さとか含蓄とか、そういうことの重要さは申すまでもありません。が、せりふとしての力づよいリズムがなにより必要です。早く喋れるということが、シェイクスピア劇の本質にとっていかに重要か、十分に理解していただけたことと思います。

ついでに附け加えておきますが、シェイクスピア劇は、昔は二時間くらいでおこなわれたようです。『ハムレット』のような長いものでも、三時間くらいですんだと思います。幕間なしということもありましょう。十九世紀になると、それが大分のびたようですが、現在のオールド・ヴィック座あたりでは、エリザベス朝時代に帰ろうとして、ずっと早くなり、『ハムレット』など、幕間二度で三時間くらいでやっております。もっとも多少のカットはありますが、それはすでにエリザベス朝時代にもおこなわれていたことです。ところが、私の翻訳では、やはり二度の幕間で、それも五分の二のカットで三時間半かかりました。中日頃には三十分くらい縮められましたが、それでもオールド・ヴィック座にはかないません。翻訳すれば、どこの国語でも長くなるものですが、やはり日本語の限界があります。現在のところ、どんな役者がやってもあれ以上は早く喋れますまい。

福田恆存

シェイクスピア劇の執筆年代　（ドーヴァー・ウィルソンによる推定）

《習作時代》

ヘンリー六世　Henry VI　全三部　〈史劇〉一五九〇―二
リチャード三世　Richard III　〈史劇〉一五九二―三
間違い続き　The Comedy of Errors　〈喜劇〉一五九二―三
タイタス・アンドロニカス　Titus Andronicus　〈悲劇〉一五九三
じゃじゃ馬ならし　The Taming of the Shrew　〈喜劇〉一五九三―四
ジョン王　King John　〈史劇〉一五九四
ヴェローナの二紳士　The Two Gentlemen of Verona　〈喜劇〉一五九四―五
恋の骨折損（ほねおりぞん）　Love's Labour's Lost　〈喜劇〉一五九四―五
ロミオとジュリエット　Romeo and Juliet　〈悲劇〉一五九五

《喜劇時代》

リチャード二世　Richard II　〈史劇〉一五九五―六

夏の夜の夢　A Midsummer-Night's Dream　〈喜劇〉一五九二―八
ヴェニスの商人　The Merchant of Venice　〈喜劇〉一五九六―七
ヘンリー四世　Henry IV　全二部　〈史劇〉一五九七
空騒ぎ　Much Ado about Nothing　〈喜劇〉一五九八―九
ヘンリー五世　Henry V　〈史劇〉一五九八―九

《悲劇時代》

ジュリアス・シーザー　Julius Caesar　〈悲劇〉一五九九
お気に召すまま　As You Like It　〈喜劇〉一五九三―一六〇〇
ウィンザーの陽気な女房たち　The Merry Wives of Windsor　〈喜劇〉一六〇〇―一
ハムレット　Hamlet　〈悲劇〉一六〇〇―一
トロイラスとクレシダ　Troilus and Cressida　〈悲劇〉一六〇一―二
十二夜　Twelfth Night　〈喜劇〉一六〇二―六
末よければ総てよし　All's Well That Ends Well　〈喜劇〉一六〇二―三
マクベス　Macbeth　〈悲劇〉一六〇一―六
オセロー　Othello　〈悲劇〉一六〇二

目には目を　Measure for Measure　〈喜劇〉一六〇四―六
リア王　King Lear　〈悲劇〉一六〇四―六
アントニーとクレオパトラ　Anthony and Cleopatra　〈悲劇〉一六〇六―七
コリオレイナス　Coriolanus　〈悲劇〉一六〇七―八
アセンズのタイモン　Timon of Athens　〈悲劇〉一六〇七―八

《浪漫劇時代》

ペリクリーズ　Pericles　〈喜劇〉一六〇八―九
シンベリン　Cymbeline　〈喜劇〉一六〇九―一〇
冬物語　The Winter's Tale　〈喜劇〉一六一〇―一
あらし　The Tempest　〈喜劇〉一六一一―二

年　譜（戯曲の上演、出版、出版登録は、ほとんど最初の記録だけを記載した）

一五六四年（永禄七年）四月二十六日、ストラトフォードの教会でウィリアム・シェイクスピアが洗礼を受けた。父はジョン、母はメアリー、ウィリアムはその第三子で、長男として生れた。

一五八二年（天正十年）十八歳　十一月二十七日、シェイクスピアとアン・ハサウェイとの結婚許可が交付された。

一五八三年（天正十一年）十九歳　五月二十六日、長女スザンナが洗礼を受けた。

一五八五年（天正十三年）二十一歳　二月二日、長男ハムネットと次女ジュディス（双子）が洗礼。

一五九二年（文禄元年）二十八歳　三月三日、『ヘンリー六世』第一部とおぼしき芝居が上演された。

一五九三年（文禄二年）二十九歳　サザンプトン伯に献じられた物語詩『ヴィーナスとアドーニス』出版。

一五九四年（文禄三年）三十歳　同じくサザンプトン伯に献じられた物語詩『ルークリース凌辱』出版。

一五九六年（慶長元年）三十二歳　八月十一日、長男ハムネット郷里にて埋葬。

一五九七年（慶長二年）三十三歳　五月四日、ストラトフォードの中央にある大屋敷（ニュー・プレイス）を六十ポンドで購入。十一月、ロンドン聖ヘレン教区の区費徴収簿に「ウィリアム・シェイクスピア」が五シリング滞納し、「死亡ないし移転」したのであろう旨が記されている。

一五九八年（慶長三年）三十四歳　シェイクスピアはロンドン市内のバンクサイド（のちに《地球座》が建てられた付近）に移転していたことが判明。九月、ベン・ジョンソンの『十人十色』の初演に出演。同月、フランシス・ミアーズの詞華集『パラディス・タマイア』が出版登録されたが、この書にはシェイクスピアへの手放しの讃美が見られる。なお、この年『恋の骨折損』が出版されたが、シェイクスピアの著者名で彼の戯曲が出版されたのは、これが最初である。

一五九九年（慶長四年）三十五歳　二月、侍従長劇団の本拠《地球座》の開場に際して、同劇場の十分の一の株を所有する管理者となる。

一六〇〇年（慶長五年）三十六歳　八月四日、シェイクスピアの名が初めて出版登録簿に載る。登録作品は『空騒ぎ』

一六〇一年（慶長六年）三十七歳　二月七日、エセックス伯一党のために『リチャード二世』を《地球座》で上演。翌日、エセックス伯は反乱を起したが失敗、後日斬首される。九月八日、父ジョン埋葬。

一六〇二年（慶長七年）三十八歳　五月一日、ストラトフォードの近郊に約五十二町の土地を三百二十ポンドで買う。

一六〇三年（慶長八年）三十九歳　三月二十四日、エリザベス女王死去。ジェイムズ一世即位。五月、侍従長劇団は勅許によって国王劇団と改名、新国王の庇護を得て、より自由に公演できるようになる。

一六〇四年（慶長九年）四十歳　三月、新国王の戴冠行列に仕着せ用の赤布が国王劇団の株主に下賜される。或る薬屋への借金をめぐってシェイクスピアが訴訟を起したのは、この年の末と見られる。

一六〇五年（慶長十年）四十一歳　七月、ストラトフォード近辺の《十分の一税》を取得する権利を四百四十ポンドで購入。（この権利の価格は年々変動があり、その売買は投機になった）

一六〇七年（慶長十二年）四十三歳　六月五日、長女スザンナが医師ジョン・ホールと結婚。

一六〇八年（慶長十三年）四十四歳　二月、孫娘エリザベス誕生。シェイクスピアの生前に生れた唯一人の孫である。八月九日、《ブラックフライアーズ劇場》の七分の一の株をもつ共同所有者となる。九月九日、母メアリー埋葬。

一六一〇年（慶長十五年）四十六歳　ストラトフォードのニュー・プレイスに居を移し、ロンドンから完全に退いたのは、この頃と推定される。

一六一二年（慶長十七年）四十八歳　五月より六月にかけて、或る民事裁判の重要証人としてロンドンの法廷に出る。

一六一三年（慶長十八年）四十九歳　六月二十九日、『ヘンリー八世』初演中に《地球座》が焼失。

一六一六年（元和二年）五十二歳　二月十日、次女ジュディスがトマス・クイネイと結婚。三月二十五日、病床で遺言状に署名。四月二十三日に死去。埋葬は二十五日。

中村保男　編

Title : HAMLET
Author : William Shakespeare

ハムレット

新潮文庫 シ－1－3

昭和四十二年九月二十五日 発行
平成二十二年十月十五日 九十刷改版
平成二十六年十二月二十五日 九十七刷

訳者 福田恆存
発行者 佐藤隆信
発行所 株式会社新潮社

郵便番号 一六二―八七一一
東京都新宿区矢来町七一
電話 編集部(〇三)三二六六―五四四〇
読者係(〇三)三二六六―五一一一
http://www.shinchosha.co.jp

価格はカバーに表示してあります。

乱丁・落丁本は、ご面倒ですが小社読者係宛ご送付ください。送料小社負担にてお取替えいたします。

印刷・大日本印刷株式会社　製本・株式会社大進堂

ISBN978-4-10-202003-6 C0197